도시 속의 월든

도시 속의
월든

서머 레인 오크스 지음 김윤경 옮김

흐름출판

오랜 세월 내게 많은 가르침을 준

스승이자 파트너, 동지인 식물들을 위해.

그리고

식물과 사랑에 빠져

온 열정을 바쳐본 모든 이를 위해.

부디 앞으로도 일상의 공간과 이 땅이 초록빛으로 물들여지기를.

시작하기에 앞서

이 책은 한마디로 관계에 대한 지침서다. 식물과 식물에 대한 지식을 우리 세계 안으로 끌어들이고, 식물의 경이로움을 찾아내어, 이 특별한 관계를 통해 새로운 관점으로 우리 삶을 바라보도록 돕기 위한 안내서다. 그런 까닭에 전문적인 학술서는 아니지만 식물의 정확한 학명과 부위 등 익숙하지 않은 용어들이 간간이 등장한다. 이러한 용어들은 이 식물이 언제 탐구됐고 어떻게 해야 이 식물이 우리와 잘 어울려 살 수 있을지 아는 데 도움을 준다. 정의, 비유 등의 방법을 통해 다소 낯선 이 개념들을 이해할 수 있도록 가능한 한 자세히 설명할 것이다.

이 책은 '방법'을 다루기에 앞서 '이유'부터 이야기한다. 항상 생각하는 것이지만, 내 선택을 받은 식물들(역으로 나 역시 그 식물들의 선택을 받았다고 말할 수 있다)을 깊이 이해하려면 먼저 식물의 내밀한 이야기를 탐구해야 한다.

마지막으로, 이 책은 개인적인 이야기들로 가득 차 있다. 여기에는 내 이야기도 있고, 식물을 인생의 동지로 삼은 커뮤니티 사람들의 이야기도 있다. 부디 이런 구체적인 체험담이 식물을 가꾸며 식물에 대한 지식을 쌓아가고 식물에게 둘러싸여 살아가는 기쁨을 전하는 데 도움이 되기를 바란다.

우리는 식물들에게 많은 것을 배울 수 있다. 식물은 자신만의 방식으로 끊임없이 소통한다. 우리는 그저 귀 기울이는 법을 익히기만 하면 된다.

식물을 삶으로 끌어들이는 순간

나는 왜 식물이 땅에서 움트는지, 개울에 둥둥 떠다니는
지, 바위에 붙어 기어가는지, 또는 파도를 따라 넘실대는지
아직 그 이유를 알지 못한다. 그래서 식물을 둘러싼 수수께
끼에 넋을 잃고, 식물의 다양성에 매료된다. 식물은 어디서
나 눈에 띄지만 어디서나 불가사의하다.

—리버티 하이드 베일리

식물을 보면 마음이 차분해집니다. 개인적인 공간에 식
물을 갖다 놓는 순간, 전등 스위치가 켜지고 지금까지 어둠
속에 있었다는 사실을 깨닫게 되죠. 이유는 잘 모르겠어요.
그냥 그렇답니다.

—토머스

오래전부터 나는 식물에 관한 책을 쓰고 싶었다. 어렸을 적 나는 하루 중 대부분의 많은 시간을 집 밖에서 보냈다. 봄과 여름에는 '엉덩이 간지럼 풀'이란 애칭으로 유명한 큰조아재비나 이산화규소 성분이 함유된 억센 큰김의털과 호밀풀이 우거져 있는 풀숲에서 하루 종일 놀다가 거품벌레의 거품과 풀잎에 스친 붉은 자국으로 구릿빛 맨다리를 얼룩덜룩하게 만들고 나타나기 일쑤였다. 쌀쌀한 가을에는 나뭇잎들이 눈부신 진홍색, 암갈색, 황금색으로 물드는 풍경을 보며 기뻐 날뛰었다. 그리고 겨울에는 양손에 벙어리장갑을 끼고 매끄럽고 하얀 눈덩어리를 뒤집어놓다가 숲 바닥에서 이글루 모양 이불에 파묻혀 아늑하고 평온하게 살아가는 에메랄드빛 이끼를 바라보며 감탄하곤 했다.

야외로 나가 자연계의 복잡함과 신비함에 둘러싸여 있으면 얼마나 생생하게 살아 있음을 느끼게 되는지 글로 옮기기는 쉽지 않다. 내 경력은 대부분 사람과 자연을 다시 연결하는 일로 채워져 있다. 그러다 일 때문에 뉴욕에 오게 되면서 모기장, 부츠와 이별하고 익숙하던 생활 방식도 대부분 포기해야 했다. 내가 이런 희생을 감수한 까닭은 도시 사람들이 규칙적으로 소비하는 상품(옷, 화장품, 식품)과 일상적인 행동(현지에서 생산되는 재료로 음식을 만들어 먹는 일)을 통해 주변의 자연과 다시 연결될 수 있는 방법을 탐구하기 위해서였다(이 내용은 나중에 더 자세히 다룰 예정이다). 뒷문을 열고 나가면 자연의 품에 안기는 삶을 더 이상 누릴 수 없게 된 나는 자연을 내게 데려올 방법을 모색했다. 다시 말해, 내가 사는 아파트와 뉴욕 커뮤니티 안에 나만의 녹지 공간을 개척할 방법을 찾았다. 이를 위해 완전히 다른 환경에서 식물과 완전히 새로운 관계를 맺어야 했다.

지금으로부터 10여 년 전 침실에 떡갈잎고무나무를 들여놓았다. 이것이 그 출발점이었다. 하나둘 꽃과 이파리가 늘어나면서 실내의 녹색 동반자 컬렉션은 점점 규모를 키워갔다. 나는 도로변, 오랫동안 방치된 창가 화단, 농산물 시장, 가까운 화원에서 식물들을 찾아냈다. 심지어 금이 간 노면 틈새에서 용감하게 싹을 틔운 식물도 있었다. 나는 많은 식물에게 보금자리를 만들어주었다. 튼튼한 테라코타 화분, 예쁜 장식 화분, 주방 소쿠리(배수가 탁월하다!), 엮어 만든 바구니, 빈 찻잎 보관 용기 세트 등에 식물들을 심었다. 창턱이 화분으로 가득 차자 선반에 얹기, 걸이용 화분에 심기, 좁은 빈틈에 끼워 넣기, 뿌리 고정시키기, 단단히 잡아매기, 공중에 띄우기 등 특별히 비용을 들이지 않고도 독창적으로 식물을 배치하는 방법과 장소를 찾아내기 위해 고심했다. 벽, 장대, 기둥, 들보, 심지어 길에서 발견한 격자 울타리까지 동원했다. 그 결과, 내 아파트에선 1000그루를 훌쩍 넘는 약 550종의 식물이 살게 됐다. 이 광경을 본 친구는 내 아파트에 '브루클린의 공중정원'이란 별명을 붙여주었다.

나의 이런 노력은 커다란 반향을 일으켰다. 온통 초록빛으로 뒤덮인 내 아파트가 입소문을 타는 것을 보고 깜짝 놀랐다. 몇 달 사이에 수천만 명이 내가 만든 식물 관련 동영상을 시청하거나 이에 관해 이야기를 나눴다. 이들에게 내 이야기는 잠깐의 화젯거리였을까? 그렇지 않을 거라고 생각한다. 물론 '수백 가지 실내식물과 동거하는 한 여자의 이야기'란 제목이 사람들의 눈길을 사로잡은 것도 사실이지만, 이러한 관심 뒤에는 그것을 뛰어넘는 뭔가가 있었다. 사람들은 단순히 실내를 장식할 아이디어를 찾고 있는 게 아니었다.

식물에게는 사람들의 혼을 쏙 빼놓는 장식 효과 외에도 무수히 많은 장점이 있다. 실제로 나는 식물과 나눈 교감이 얼마나 다양한 방법으로 삶에 긍정적인 영향을 주는지 알려주는 사연을 셀 수 없이 많이 받았다. 그중 몇몇 사례를 소개한다.

거실 공기가 깨끗해져서 너무 좋아요. 초록색 식물을 집 안에 들인 뒤 눈에 띄게 행복해졌어요. 제가 지금 살고 있는 곳은 아파트 지하층이라 창문이 없는데, 백열전구 불빛 아래서도 식물이 잘 자란다는 사실에 정말 감동 받았답니다.

—알라메이

남편이랑 저는 식물 키우는 걸 좋아해요. 집 안에 식물이 있으면 공기가 정화되는 것 같아요. 눈을 떴을 때 창턱에 놓인 식물들을 보면 왠지 안심되지요. 식물을 돌보고 물을 줄 때면 마음이 차분해지고 뭔가 의미 있는 일을 하는 것 같은 뿌듯한 느낌이 들어요. 뭐랄까, 조금은 잘 살고 있는 느낌이랄까요? 꽃봉오리가 생기고 꽃이 활짝 피어날 때는 저도 성장하는 것 같지요. 식물에게 천연 비료를 줄 때면 저 자신에게도 충분한 양분을 줘야 한다는 사실을 기억하게 돼요.

— 세라

식물이 많은 곳에 가면 녹음의 내음을 가득 품은 에너지와 상쾌한 공기가 느껴져요. 식물들을 돌보다 보면 마음이 편안해지지요. 느긋한 마음으로 잘라낼 나뭇잎을 찾고, 식물에게 물을 줄 때면 그것이 무엇이든 살아 있는 존재에게는 자신만의 시간표가 있다는 사실을 기억하게 돼요. 식물과 함께 있으면 삶이 즐겁고 평온해지는 것 같아요.

—매들린 T.

저는 절대로 식물을 키울 수 없을 거라고 생각했어요. 저는 정말로 저주받은 똥손이거든요. 끔찍한 출산의 고통을 겪고 산후우울증에 시달리다가 우울증에 걸렸어요. 그런데 원예 치료사인 친구가 식물을 키워보는 게 어떻겠냐고 묻더군요. 그렇게 시작했어요. 정성껏 식물을 돌보고 식물이 자라는 모습을 지켜보면서 내 아이가 잘 성장하는 모습을 보고 싶다는 생각이 들기 시작했어요.

—리즈

전 조바심이 날 때면 일부러 일을 만들어서라도 몸을 움직여 잡념을 떨쳐내곤 해요. 대개 분갈이를 하면서 식물의 엉킨 뿌리를 정리해 식물이 숨 쉬고 자라날 공간을 만들어주면서 시간을 보내요. 일이 끝나면 식물 곁에 가만히 앉아서 그 식물의 잎을 세세하게 들여다봐요. 가끔은 그 독특한 모양을 그림으로 그리기도 하죠. 낮에는 가만히 누워서 식물들과 함께 일광욕을 하는데, 그러면 평소보다 더 깊이 호흡하게 돼요.

—아이비

위는 나와 같은 커뮤니티에 있는 사람들이 보내준 메시지들이다. 모든 이야기에 눈에 띄는 공통점이 있다. 대부분의 사람이 자연과 매우 동떨어진 생활을 했으며, 다시 자연과 식물의 품으로 돌아갔을 때 큰 기쁨을 누렸다는 것이다. 더 많은 사람들이 그러지 못하는 이유는 무엇일까?

아마도 생활을 대대적으로 변화시키지 않고서는 이렇게 하는 것이 쉽지 않거나 불가능하다고 생각하기 때문일 것이다. 알다시피 원예는 지방에서 도시로 진행된 인구 대이동에 발 맞추지 못했다. 도시에 사는 대부분의 사람이 내 것이라고 부를 만한 비옥한 땅 한 뙈기 없는 게 사실이다.

하지만 도심의 코딱지만 한 아파트에 사는 사람, 식물의 'ㅅ' 자도 모르는 사람, 너무 바빠서 뭔가를 돌볼 시간이 없다고 말하는 사람, 스스로 자신은 자연과 거리가 멀다고 믿는 사람, 자신이 '똥손'을 가졌다고 자책하는 사람을 포함해 우리 모두는 식물들 사이에 파묻혀 자란 경험이 있다. 이를 바탕으로 나는 어디서 사는지, 어떤 경험을 가지고 있는지와 상관없이 누구든 식물과 식물의 생명력에 다가가는 데 활용할 수 있는 간단한 방법과 예비 수단, 마음가짐, 전략적 습관을 알아냈다. 이를 활용하면 식물을 삶의 동반자로 삼아 그 관계를 지속적으로 유지하는 법을 찾아낼 수 있을 뿐 아니라, 식물과 감정을 주고받는 법을 터득함으로써 자기 자신과 자신의 터전에 대한 귀중한 깨달음을 얻을 수 있을 것이다.

『도시 속의 월든』은 엄밀히 말하면 원예 서적이지만, 실제로는 관계를 다룬 책이라고 봐야 한다. 우리가 알든 모르든 식물은 우리가 태어난 순간부터 우리 삶에서 떼어낼 수 없는 한 부분을 차지하고 있다. 하지만 많은 사람이 식물의 존재조차 알아차리지 못하거나, 알아차리더라도 그저 흥미로운 배경 요소 또는 예쁜 장식품으로만 인식한다. 당연한 얘기이지만 식물은 살아 숨 쉬는 존재로, 우리가 그 존재를 인식하고 의도적으로 삶 안에 끌어들이는 순간 어마어마한 가치를 발휘한다. 식물과 함께 살며 관계를 쌓는 법을 배우는 것은 의욕만 있으면 누구나 할 수 있는 일이다. 다른 사람과 친밀하고 건강하며 가치 있는 관계를 구축해 나가는 일이 단순한 '인간관계 관리 팁'만으로 이뤄지지 않듯, 식물과의 관계도 마찬가지다. 단단하고 가치 있고 평생 이어질 관계를 만들려면 적당한 관찰과 존중, 노력, 이해와 사랑이 필요하다. 이 주제들에 대해서는 뒤에서 하나하나 다룰 것이다.

　물론 식물을 잘 돌보기 위한 실질적인 조언도 제시할 것이다. 이 책에서 얻을 수 있는 혜택은 비단 식물 관리의 달인이 되는 것만은 아니다. 훌륭한 식물 집사가 되는 법을 배우고 나면 훨씬 더 큰 목표를 세울 수 있을 것이다. 『도시 속의 월든』은 식물과의 관계를 통해 우리 삶에 긍정적인 영향을 줄 수 있는 일상적인 기술과 의미 있는 의식을 발전시키는 법, 더 나아가 우리 자신, 우리 공동체, 우리 터전과 더 건강하고 친밀한 관계를 발전시켜 나가는 법을 다룬 책이기도 하다. 그 대상은 반려식물에 국한되지 않는다. 인도의 뒤틀린 틈새에서 피어나 온갖 역경을 극복하고 살아남은 질긴 잡초, 건물들을 따라 조성된 커뮤니티 가든에서 지역 자원봉사자들의 애정 어린 손길을 받는 식물, 우리 상상 속 동화, 우리 DNA의 깊고 축축한 곳에 저장된 기억으로 존재하는 것 같은 거대하고 불가사의한 숲속에 사는 나무 등 우리 주변에 있는 것을 미처 알아차리지 못했던 식물들도 있다. 이들은 어쨌거나 우리 모두가 대자연의 자궁에서 태어난 존재임을 떠올리게 해주는 매개체다.

이 책은 우리 사회가 식물과 멀어졌다가 완전히 새로운 방식으로 다시 식물과 거리를 좁혀 나가는 과정을 큰 줄기로 삼고 있다. 뿐만 아니라 독자 여러분이 식물에 대해 넓은 시야를 갖고 자신의 삶을 좀 더 식물의 관점에서 바라보도록 독려한다. 식물을 잘 알게 될수록 우리는 우리 자신과 더 가까워질 것이다. 또한 이 같은 자기 인식과 관찰을 통해 식물을 잘 돌보는 데 그치지 않고 우리 자신과 주변 사람, 그리고 우리가 사는 대지 또한 잘 돌보게 될 것이다. 그러니 지금 당장 식물의 세계에 발을 들이고, 우리의 집과 정신, 마음속에 어떻게 자신만의 녹지 공간을 만들지 알아보자.

—서머 레인 오크스 *Summer Rayne Oakes*

목차

1장

도시로 떠난
사람들

우리는 이 세계에 들어온 것이 아니다.
바다의 파도처럼 밖으로 떠밀려 나온 것이다.
그러므로 이 세계는 우리에게 낯선 곳이 아니다.

— 앨런 와츠 Alan Watts

식물에게는 고유한 아름다움이 있어요.
누구의 간섭도 받지 않고 자기 뜻에 따라 자라거든요.
식물을 보고 있으면 삶이 명확해져요.
삶이 단순할 수도 있다는 사실이 분명해지지요.

— 세라 솔란지 Sarah Solange

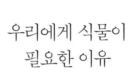

우리에게 식물이
필요한 이유

나는 내가 도시에서 살게 될 것이라고는 꿈에도 상상하지 못했다. 층층이 쌓아 올린 콘크리트와 유리로 이뤄진 빌딩 숲, 시끄러운 소음, 별이 뜨지 않는 밤이라니. 어린 시절 양동이에 고이 담아 집에 데려온 개구리들도 내가 자연과 멀어질 것이라고는 짐작하지 못했을 것이다.

나는 잰걸음으로 숲길을 걸었다. 어디선가 읽었든가 소꿉친구에게 들은 이야기 같은데, 펜실베이니아에서 사냥하며 살던 아메리카 원주민들은 숲속을 달릴 때 동물이나 적이 알아차리지 못할 정도로 아무 소리도 내지 않는다고 한다. 실로 놀라운 이야기다. 나도 그 원주민들처럼 조용해지기를 바랐다.

이슬이 흠뻑 내려앉거나 비가 잔뜩 내린 다음 날 아침, 숲속을 조용히 거니는 건 쉬운 일이었다. 숲 바닥을 딛는 발소리가 무뎌질 때쯤 새들의 노랫소리는 절정에 달했다. 독미나리 무리를 스쳐 지나갈 때면 소나무에 감도는 레몬 향이 콧속을 찔렀다. 축축한 양치식물은 깃털 같은 잎으로 정강이를 간질였다. 숲 바닥은 담요처럼 두툼하게 깔려 있는 에메랄드빛 이끼와 늘 푸른 덩굴식물(호자덩굴이나 노루발풀)의 매끈한 잎들로 반짝거렸다. 숲을 걷다가 눈길을 끄는 것이 있으면 다가가 자세히 들여다봤다. 처음 보는 꽃, 이슬을 짊어진 채 이파리 뒷면을 기어가는 곤충, 땅에 떨어진 나뭇가지의 상처에서 자라난 주황색 젤리버섯이 그랬다. 좀 더 탐구하고 싶은 대상은 채취해서 집으로 가져왔다. 이렇게 비밀스러운 외출을 할 때면 나는 숲과 갓 깎은 우리 집 잔디를 경계 짓는 돌담을 넘어 다니곤 했다.

숲에서 채취해온 식물을 책 사이에 끼워 말린 뒤 디오라마 같은 실내 미니 서식지에 진열하거나 냉장고에 따로 보관해 실험하는 데 썼다. 네다섯 살 무렵에 나는 오빠가 생일 선물로 받고는 한 번도 쓰지 않은 현미경을 몰래 가지고 숲으로 달아났다. 멋진 일제 현미경으로 얇게 벗

겨낸 양파 껍질이나 이끼 세포, 규조류를 깔유리 위에 올려놓고 관찰할 수 있었다. 거의 10년 동안 이 현미경을 요긴하게 사용했다. 자연에 가까이 다가가는 데 이보다 더 좋은 도구는 없었다. 지금도 나는 잘 만들어진 현미경을 보면 탐이 난다.

나는 숲과 숲속의 모든 것을 사랑했다. 부모님이 날 집으로 들어오게 하느라 매번 애를 먹을 정도였다. 10대 때는 여름방학이 되면 친구들도 만나지 않고 숲에서 살다시피 했다. 하지만 단 한 번도 외롭다고 느껴본 적이 없다.

그렇게 시간을 보내면서 야생의 자연을 사랑하는 법을 배웠고, 인간과 식물이 힘을 모을 때 일어나는 아름다운 교감을 목격했다. 엄마의 자랑거리로, 숲 바깥쪽에 조성된 흠잡을 데 없는 꽃밭도 그중 하나였다. 봄이면 샛노란 개나리가 햇살처럼 빛나며 우리 집의 경계를 표시했다. 흰색과 분홍색, 와인색으로 물든 겹꽃잎의 접시꽃이 여왕의 근위대처럼 돌밭을 뚫고 나와 꼿꼿하게 서 있었고, 아프리카 노을 빛깔로 화사하게 차려 입은 튤립과 원추리가 풍성한 아름다움을 선보였다. 잡초를 뽑으려고 허리를 굽힐 때면 메리골드와 산당근의 사향 냄새가 진하게 풍겨왔다. 히아신스와 라일락, 베개처럼 부드러운 작약은 꽃배추만큼이나 커다랗게 자라 목구멍 뒤쪽이 칼칼해질 정도로 아찔한 향기를 공기 중에 퍼뜨렸다.

엄마 아빠가 일군 텃밭과 과수원도 훌륭했다. 2000제곱미터 남짓한 땅에는 오감을 만족시켜줄 만한 신선한 재료들이 가득했다. 얼굴이 찌푸려질 만큼 시큼한 대황 줄기와 반들반들한 레드커런트는 엄마의 손맛을 거쳐 각각 파이와 크레페로 재탄생했다. 내가 툭하면 따라 다니던 구스베리의 맛도 잊을 수 없다. 펙틴이 풍부한 적갈색 과육을 깨물면 꼭 달콤새콤한 포도를 먹는 것 같았다.

우리 가족이 힘을 합쳐 일군 이 공간에서 생명이 있는 모든 것들이 각자의 생체 리듬에 따라 살아가는 모습을 보면서 나는 인내와 존중, 신뢰를 배웠다. 모든 식물은 저마다 자신의 속도에 맞게 잠재력을 발휘할 수 있는 조건을 만들어주면 알아서 잘 자랐다. 모든 것이 성장하는 계절이 시작되면 근처에 사는 친척 아주머니의 농장에서 코끝이 아릴 정도로 강한 냄새가 나는 소똥 퇴비를 우리 밭으로 실어왔다. 그리고는 거의 정강이에 닿을 정도로 넉넉하게 뿌려주었다. 이 퇴비를 먹고 딸기, 호박, 오이, 아스파라거스, 상추, 멜론, 완두콩, 콩, 토마토가 무럭무럭 자랐다. 덕분에 식물의 생장기에는 언제나 우리 네 식구가 먹고도 남을 만큼의 과일과 채소를 수확할 수 있었다. 해마다 늘 다음에 거둘 농작물을 기다리거나 산딸기가 작년만큼 많이 열릴지 궁금해하는 재미가 있었다. 풍작을 기대하면서 농작물에 대한 호기심도 커졌다. 이런 달콤한 기다림은 여전히 좋은 기억으로 남아 있다.

지금도 나는 가급적 제철 음식을 먹으려고 노력하고 토요일이 되면 가까운 청과물 시장에 가서 일주일간 먹을 신선한 과일과 채소를 구입한다. 이런 의식적인 행동 덕분인지 내게 주어진 24시간보다 훨씬 더 여유롭고 느긋하게 살아가는 것처럼 느껴진다.

다시 식물로 가득 차 있는 아파트로 돌아와보자. 나는 무성한 녹음에 둘러싸여 요리하는 것을 무척 좋아한다. 온통 녹색으로 둘러싸인 공간에서 음식을 만들면 꼭 실내에서 캠핑을 하는 것 같은 기분이 든다. 밖에 나가면 모든 것이 잿빛이어서 음울해 보이는 북동부의 추운 겨울에도 실내에 있는 식물들은 활력과 생기가 넘친다. 심지어 빈약하나마 꽃을 틔우는 식물도 있는데, 언제 봐도 특별한 선물을 받은 것만 같다. 작년 겨울에는 코럴 세네시오 혹은 스칼렛 클레이니아로 알려진 칠석정이가 솜뭉치 같은 심홍색 꽃을 흐드러지게 피워내 뜻밖의 기쁨을 선물해주었다. 은은한 녹회색 잎들과 잔뜩 서리가 낀 뒤쪽의 창문과 대비되어 더욱더 아름답게 보였다.

식물을 가꾸다가 꽃봉오리와 꽃을 눈으로 확인하고 나면 대부분 그 식물과 오래도록 좋은 관계를 유지하게 마련이다. 몇 달간 지극정성으로 돌봤다면 더욱 그렇다. 식물에게 지극정성이었던 사람의 이야기를 해보자면 우리 부모님을 빼놓을 수 없다. 부모님은 매일 똑같은 시간에 텃밭에 나가 잡초를 뽑거나 호박을 따거나 한번 뿌리 내리면 저절로 퍼져 나가는 것처럼 보이는 아스파라거스나 마늘을 솎아냈다. 부모님이 일하는 모습을 보면 식물을 기르는 일이 정말 손이 많이 가는 일이라는 생각은 들었어도 힘들겠다거나 고생스럽겠다는 생각은 들지 않았다. 오히려 땀 흘려 얻은 결실을 저녁 식탁에서 맛보는 것이 자연스럽게 느껴졌다. 솔직히 말하자면, 처음부터 끝까지 다 재미있어 보이기만 했다. 어린 시절 내게 손에 흙을 묻히는 일은 삶의 한 방식이었고, 그런 소박한 일상의 노동은 크나큰 기쁨을 선물해주었다.

꽃과 채소를 키우는 일도 재미있었지만, 무엇보다 흥미를 끈 것은 잔디밭과 숲속 여기저기 있는 야생 식물과 텃밭 화단에 날아든 반갑지만은 않은 식물들이었다. 예기치 않게 찾아온 이방인 같은 식물들은 사람의 손길을 받지 않아도 제멋대로 자라며 소리 소문 없이 빠르게 퍼져 나갔다. 저마다 각양각색 개성을 뽐내는 식물들은 서로 밀착한 채 모여 있었는데, 의외로 조화를 이루었다. 지금 생각해보니 나는 실내식물을 들일 때도 자연 속에 있던 모습 그대로 거침 없고 약간 흐트러진 것 같으면서도 놀라울 만큼 조화로운 배치를 좋아하는 것 같다. 식물들을 보면서 남의 말은 들은 척도 하지 않고 억지스러우며 괴팍해 보이는 사람들도 다정히 보듬고 친절과 애정을 쏟으면 자신이 지닌 활력과 혈기, 끈기를 보여준다는 사실을 절실히 깨달았다.

엄마가 가지고 있던, 1974년판 『로데일 허브 안내서The Rodale Herb Book』라는 누렇게 색이 바랜 두꺼운 책 이야기도 빼놓을 수 없다. 이 책을 탐독한 후 나는 주변의 거의 모든 식물이 치료와 진정, 영양 공급 같은 용도로 쓰일 수 있다는 사실을 알았다. 관동, 쇠비름, 거품장구채 같은 식물들은 뽑아서 버려야 할 잡초가 아니라 연구할 대상이다. 나는 약사이자 요리사, 화학자가 되어 관동 잎을 삶고 쇠비름을 맛보았다. 거품장구채는 사포닌 성분 때문에 거품이 일어서 그런 이름이 붙었는데, 나는 거품장구채 잎을 으깨서 그 성분을 추출했다. 식물의 알칼로이드 성분과 냄새를 분리하는 최첨단 실험실 장비가 등장하기 전에도 이런 독특한 성분을 찾아내기 위해 누군가는 식물에 주의를 기울였고 누군가는 식물을 눈으로 관찰했으며 누군가는 식물로 실험을 했다. 자연의 비밀스러운 치유력과 잠재력은 지금도 누군가에게 밝혀지기만을 기다리고 있다. 우리는 그저 그것을 찾고자 마음을 먹기만 하면 된다.

　아름다운 숲과 들판, 과수원, 텃밭을 떠나는 것이 쉽지 않았지만, 나는 일을 위해 뉴욕으로 왔다. 뉴욕은 적어도 경력 측면에서 내 인생을 실험하고 잠재력을 최대한 발휘할 수 있을 만한 곳으로 보였다. 내가 하려는 일의 특성상 고향에서는 하기가 훨씬 더 어렵기도 했다. 나는 15년 동안 패션계를 거쳐 영화를 제작하고 직접 스타트업을 운영했다. 도시에서 다른 창작가, 기업가들과 일하며 정신없이 생활하다 보니 내 잠재력을 최대한 펼치려면 어느 정도 타협할 필요가 있다는 사실을 깨달았다.

　내가 어렸을 적인 1990년대에 한 라디오 방송에서 빠른 시일 내 많은 인구가 도시로 몰리면서 도시의 인구수가 지방이나 교외 지역의 인구수를 앞지르게 될 것이라는 보도를 들은 적이 있다. 아니나 다를까, 10년 전쯤 인구 대이동 시나리오는 현실이 됐다. 나도 그 물결에 포함돼 있었다. 미국의 경우, 전체 인구의 81퍼센트가 도심지에 살고 있다.' 또한 전체 인구 중 '밀레니얼 세대'(1980년에서 2000년 사이에 태어난 사람들이라고 많은 심리학자가 정의한다)의 60퍼센트는 해 질 녘 날벌레들이 환하게 켜진 가로등에 돌진하듯, 도회지와 점점 확장되는 대도시로 모여들었다.[2] 그 결과, 미국에선 1920년대 이후 처음으로 도시의 성장 속도가 비도시의 성장 속도를 따라잡았다. 오늘날 전 세계 인구의 55퍼센트가 도심지를 삶의 터전으로 여기고 있는데,[3] 이 통계대로라면 2050년에는 도시 인구가 13퍼센트 더 증가할 것으로 전망된다. 이는 소도시와 대도시 모두 급속하게 팽창하고 있으며, 우리 세대의 거주지 이동이 적어도 어느 정도는 이에 일조하고 있다는 의미다.

밀레니얼 트렌드에 관한 연구와 견해는 이외에도 수없이 찾아볼 수 있다. 우리 세대의 삶은 이전 세대들과 다르다. 싱글로 사는 행복을 오랫동안 누리기 위해 되도록 결혼을 미루고, 담보 대출도 연기한다. 이는 내 집을 갖기 싫어서가 아니라 대개는 비용을 감당하기 어렵기 때문이다. 마음에 드는 집이 사람들이 선호하는 도시에 있다면 더더욱 그렇다. 하지만 이런 트렌드 중 그 어느 것도 우리가 드넓고 목가적인 고향에서 우르르 빠져나온 이유를 설명해주지 않는다.

내 친구들은 대개 자신이 도시로 이주한 이유를 아이디어와 혁신 때문이라고 말한다. 도시에서는 끊임없이 창조하고 혁신할 수 있다. 도시는 맥박이 고동치는 인간 중심의 생태계다. 밖으로 나가 사람들을 만나고 자신의 얼굴을 알려야 기회가 오는데, 이론상 그런 기회는 도시에서 더 쉽게 찾을 수 있다. 전하를 띠는 전자처럼 서로 부딪칠 확률이 더 높기 때문이다. 게다가 그냥 '사는' 것이 아니라 '생계를 꾸리기' 위해 어쩔 수 없이 취업해야 할 나이가 되면 어디서 일자리를 찾을지 고민하게 되는데, 이런 상황에서는 그런 기회가 더 절실하게 느껴지기 마련이다. 필요하다면 그 과정에서 타협도 하게 된다.

나는 지금 내가 사는 곳에도 뒤뜰이 있으면 소원이 없겠다는 말을 자주 한다. 가볍게 산책할 숲도 있었으면 좋겠다. 동네 화원에 들렀다가 뉴욕주 북부에서 작은 마당이 딸린 집을 찾고 있다고 얘기한 적도 있다. 이 말에 젊은 여자 점원이 한숨을 쉬며 말했다. "뉴욕에 사는 사람들의 로망 아니겠어요?" 맞는 말이다. 자연 속에서 살고 싶은 사람은 나뿐만이 아니다. 모든 사람이 그런 것은 아니지만 많은 사람이 그렇게 생각한다. 대학에 들어가기 전까지 나는 내가 도시에서 살게 될 것이라고는 생각도 하지 못했다. 도시로 온 뒤에도 이렇게 오랫동안 살게 될 것이라고는 예상하지 못했다. 하지만 드넓은 공간과 푸르른 자연, 거기에 딸려오는 축복 같은 고요함에 대한 갈망은 텃밭보다 훨씬 더 중요해 보이는 활동들에 의해 뒤로 밀려났다.

　이런 타협이 늘 거주지를 옮기는 것으로 끝나는 것은 아니다. 도시로 이주하고 이주하지 않고를 떠나 많은 사람이 일뿐만 아니라 인생에서도 만족할 수 있기를 바란다. 밀레니얼 세대가 퇴사율이 높은 이유는 자신이 하는 일에서 성취감이나 흥미를 느끼지 못하기 때문이다. 2016년 갤럽 여론 조사가 입증하듯, 밀레니얼 세대의 71퍼센트는 일에 대한 애정이 없거나 의욕을 보이지 않는 것으로 나타났다.[4] 이런 이유로 밀레니얼 세대는 미국에서 가장 무기력한 세대로 불리기도 한다. 이런 무기력감은 잦은 구직 활동과 이직으로 이어진다. 실제로 밀레니얼 세대의 이직률은 다른 세대에 비해 현저하게 높다. 한 보고서에서는 현재 직장을 그만둘 가능성이 다른 세대에 비해 세 배나 높은 것으로 나타났다. 다른 보고서들은 이런 격차가 걱정할 정도까진 아니라고 하지만, 장기적인 추세를 봤을 때 우리 부모와 조부모 세대보다 이직이 잦은 것은 분명한 사실이다. 게다가 우리 세대가 하는 일은 대개 불안정하고 업무 시간은 늘어났다.

　이런 통계를 보면 밀레니얼 세대는 툭하면 일을 그만둔다고 생각할 수도 있지만, 내가 경험한 바로는 그렇지 않다. '이직'은 또래 친구들이 모이는 명상이나 토론 모임에서 자주 거론되는 주제다. 이직했거나 직장을 그만두고 재취업을 준비하는 친구들은 심각한 불안과 의심, 스트레스, 심지어 죄책감을 호소했다.

이뿐만이 아니다. 우리는 대부분 바쁜 일상을 살아간다. 스스로에게 잠깐의 휴식 시간도 내주기 힘들 정도로 바쁘다. 쉴 때조차 정신없이 사람들과 만난다. 친목의 장이 소셜미디어로 바뀌어서 꼭 얼굴을 맞대야 할 필요도 없다. 우리 세대 중 90퍼센트 이상이 소셜미디어를 사용한다. 조사한 바에 따르면 하루 중 몇 시간이나 컴퓨터 화면을 스크롤하고 댓글을 남기고 '좋아요'를 누르면서 보낸다. 그렇다. 소셜미디어는 매우 유용한 도구다. 나는 아무 생각 없이 피드 전체를 스크롤하는 일이 없도록 식물 등 관심 있는 주제와 관련된 그룹에만 시간을 할애한다.

그런데 여러 연구에서 밝혀졌듯, 소셜미디어는 우울증을 유발하기도 한다. 19~32세 청년을 대상으로 실시한 2016년 대규모 연구에서는 여러 소셜미디어 플랫폼을 사용할 경우 심한 우울 및 불안 증세를 겪을 가능성이 높은 것으로 나타났다.[5] 역사상 평범한 개인이 이토록 많은 것을 보고 알 수 있었던 적은 없었다. 이는 우리가 알고 싶은 주제와 관련된 내용을 찾을 때는 더 없이 좋은 일이지만, 그렇지 않은 경우에 이런 상황은 정서적으로 좋지 않은 영향을 끼친다. 게다가 고립공포감 FOMO, fear of missing out은 눈요기만 하다 끝날 사람들의 삶으로 우리 세계를 확장하도록 부추겨 자신의 삶이 다른 사람들보다 못하다는 자괴감에 빠지게 만든다. 소셜 피드에 보란 듯이 전시된 비현실적인 이미지는 내 친구 니티카 초프라가 말한 일명 '비교 절망 증후군'을 초래할 수도 있다.

친구들과 직접 얼굴을 마주하는 대신 소셜미디어로 안부를 주고받고, 일을 하거나 가족들과 시간을 보내다가도 플랫폼을 이곳저곳 들락날락하는 것은 불안해서가 아닐까? 새로운 연구에 따르면 우리 세대는 1년 중 거의 6분의 1을 스트레스 속에서 산다. 그리고 67퍼센트 정도 (이전 세대와 비교하면 상당히 높은 수치다)는 금전적 스트레스로 인해 업무 시 집중력과 생산성이 떨어질 뿐만 아니라 건강도 악화되었다고 호소한다.[6]

금전적 스트레스의 원인은 우리 세대가 수준 높은 교육의 혜택을 받았다는 긍정적 면모도 있지만, 대학 문을 나서자마자 학자금 대출로 평균 3만 7000달러 이상의 빚을 떠안는다는 사실에서 일부 찾을 수 있다. 2014년 갤럽 조사에서 5만 달러가 넘는 빚을 진 대학 졸업자들은 5개 중 4개 영역(목적의식, 금전적 웰빙, 커뮤니티 웰빙, 신체적 웰빙 등)에서 비대출자보다 낮은 점수를 받았다.[7] 이외에도 미국 청년의 33퍼센트(주로 20대)는 부모 또는 조부모와 함께 살고 있는데, 월급이 적거나 구직 중이어서 '저축'을 하기 위해서라는 것이 주된 이유였다. 빚이 정서에 악영향을 주는 것인지, 아니면 단순히 두 가지 문제가 함께 나타나는 것인지는 정확히 알 수 없지만 또래 친구들과 예비 대학 졸업생들의 얘기를 들어보면 이런 스트레스가 존재하는 것은 분명한 사실이다.

혼돈 속에서 균형을 찾는 것은 꼭 필요한 일이다. 다행히 우리 중 많은 사람이 명상, 운동 등 스트레스와 불안감을 줄이는 건전하고 합리적인 방법을 다양하게 찾아내 실천하고 있다. 운동이나 명상은 물론 혼자서 할 수도 있지만, 그룹 운동과 명상 수업을 통해 업무 외적으로 커뮤니티를 형성하는 것도 좋다.

이는 모두 긍정적인 진전이다. 하지만 우리는 전자 기기와 광범위한 네트워크를 통해 서로 연결되는 데에는 익숙하지만, 자연 세계와는 분리되어 있다. 야외에서 소중한 사람들과 보내는 시간이나 식물들에게 둘러싸이는 경험이 균형, 에너지, 평온을 얻는 데 도움이 된다는 것을 직감적으로 알면서도 그렇다. 하지만 일각에서 이를 바로잡기 위한 변화가 시작되고 있는 것도 사실이다. 2016년 전미생활원예에서 설문조사한 바에 따르면, 이 해 600만 명이 실내 또는 실외에서 식물을 기르기 시작했고, 그중 500만 명이 밀레니얼 세대였다.[8] 멀리까지 갈 필요도 없다. 나만 보더라도 식물을 좋아해서 시작한 일로 자연스럽게 수많은 그룹에서 식물에 대한 관심을 일으켰고, 덕분에 자연과 보내는 시간을 늘리는 것이 더욱 균형 잡힌 삶을 사는 길이라는 확신을 갖게 되었다. 나이가 어떻든, 인생의 어느 단계를 걷고 있든 이 책은 식물과 함께하면서 균형 잡힌 삶을 사는 데 유용한 조언을 제시할 것이다.

당장 직장을 그만두고 짐을 싸서 숲으로 이사를 가라는 얘기가 아니다. 숲이 당신을 부르는 소리가 들린다면 말릴 생각은 없다! 하지만 자연과 연결된 채 현재 이 순간에 뿌리를 내리고 풍요로움을 누릴 수 있는 방법은 무수히 많다. 한 예로, 하루 중 잠시 시간을 내 식물을 인식하고 관찰하는 것은 간단하지만 집중력을 높일 수 있는 매우 효과적인 방법이다(곧 이 기술을 설명할 것이다). 나는 또한 식물을 삶의 일부로 받아들이면 처음에는 낯설게 느껴졌던 도시에서도 뿌리를 내리고 사는 만족감을 느낄 수 있다는 것을 직관과 관심, 경험을 통해 알게 됐다. 나

만의 개인 녹지 공간을 꾸려 나가면서 뉴욕은 내게 안락한 안식처가
되었다.

 아름다움은 물론 평온과 기쁨까지 선사하는 식물 친구들을 만들어
보자. 매일 아침 원룸 아파트 창턱에서 토실토실한 팔을 흔들어주는 작
고 매력적인 다육식물도 괜찮고, 샐러드에 풍미를 더해주는 신선한 바
질 잎과 구운 감자를 간하는 데 쓰이는 로즈메리 잔가지, 차로 마시면
위가 편안해지는 박하 등 다양한 식용 허브도 좋다. 괜찮다면 집 안에
자신의 손길로 정글을 만들어보자. 이는 내가 꿈꾸는 것이기도 하다.

 개인 녹지 공간은 화원에서 화분을 한아름 사다가 창턱이나 발코니,
또는 뒷마당(행운아 같으니!)을 장식한다고 해서 만들어지는 것이 아니
다. 삶의 한 부분이 될 식물과 진정한 관계를 구축하기 위해선 먼저 마
음가짐을 달리해야 한다. 이 책에서는 때때로 바로 코앞에 있어도 알아
차리지 못했던 식물의 세계가 우리에게 본연의 모습을 드러내도록 하
는 방법을 소개할 것이다. 이 작은 변화를 통해 우리는 삶의 풍요로움
을 만끽하는 한편 묵묵히 자기 할 일을 하는 식물을 경외심을 갖고 보
게 될 것이다. 열악한 환경에서도 과감하게 뿌리를 내리고 생장하고 싹
을 틔우며 꽃을 피우고 잎을 떨어뜨리는 식물, 우리가 호흡하는 공기를

조용하고 효율적으로 정화하고 다시 보충해주는 식물, 우리 주변 어디에서나 잘 자라는 식물들 말이다. 이 책에서 소개하는 기술들을 연습하면 평생 잊어버리지 않고 식물이라는 존재가 선사하는 보상을 가장 온전히 누릴 수 있을 것이다. 이 책에 설명된 기본 원칙들과 함께 식물의 필요를 이해하는 능력을 익힌다면 식물들이 선물하는 풍요로운 삶을 즐길 수 있을 뿐만 아니라 세계 어디서든 유용하게 쓸 수 있는 경험과 관점을 갖게 될 것이다.

　7년 동안 사귄 애인과 헤어지고 직장까지 그만두면서 인생의 암흑기가 찾아왔어요. 마치 낯선 곳에 혼자 뚝 떨어진 것 같은 기분이었죠. 그때 친구가 새로 이사한 제 작은 아파트에 다육식물을 가져다 놓았어요. 집이 텅 비어 있었거든요. 침실 창가에 화분을 가져다 두었지요. 그걸 시작으로 조금씩 식물을 늘려갔고 식물이 자라는 데 필요한 햇빛과 물, 흙에 대해 자세히 알게 됐어요. 한 그루 한 그루 잘 자라도록 온갖 정성을 기울였답니다. 처음 선물받은 다육식물은 거의 100번쯤 증식한 것 같아요. 많은 사람에게 식물과 함께하는 삶을 시작하기 위한 첫 단추를 선물할 수 있었지요.
나를 지탱해준 식물이 자신의 일부를 다른 사람들에게 내준
다고 생각하니 무척 위안이 됐어요. 사랑과 빛이 어떻게 전
세계로 퍼져 나갈 수 있는지 이해하게 되었다고 할까요.

—세라

식물 가꾸기를 취미 정도로 생각하면 식물이 품고 있는
본질을 볼 수 없습니다. 식물에게는 지성을 매혹하고 영혼
을 북돋는 엄청난 힘이 있거든요. 겉모습은 단순히 눈을 즐
겁게 할 뿐이지요. 식물이 지닌 고요함 뒤에는 어마어마한
깊이와 모순이 숨어 있답니다. 식물은 이해를 기다리고 갈
망해요. 숨 쉬는 모든 존재와 마찬가지로 그저 존재하기보
다는 잘 성장하기 위해 고군분투하죠. 이건 결코 단순한 게
아니랍니다. 식물의 진화에는 우리 인식의 진화가 수반돼
요. 우리가 식물에게 생명을 불어넣기 위해 힘쓸 때 식물 또
한 우리에게 생명을 불어넣어준답니다.

—크리스 시리판

○

식물을 가꾸기 위한 첫 번째 연습

1. 어렸을 때 식물을 키우거나 원예를 해본 적이 있는가? 만약 그렇다면 가장 기억에 남는 경험은 무엇인가? 이러한 경험을 어른이 되고 나서 했다면 그 순간을 돌이켜보자. 아직 그런 경험이 없다면 식물이나 원예, 또는 자연과 친숙해지기 위한 아이디어를 생각해보자.

2. 지금까지 살면서 식물에게 관심을 갖도록 영향을 주거나 흥미를 일깨워준 특별한 사람이 있는가? 그렇게 생각하는 이유는 무엇인가?

3. 어른이 되면서 식물을 대하는 태도가 어떻게 변했는가?

©Homestead Brooklyn

2장

우리에게 필요한 건
자연

우리의 숙제는 루소의 말처럼 자연으로 돌아가는 것이 아니라
자연인의 모습을 되찾는 것이다.
―칼 구스타프 융Carl Gustav Jung

식물들과 있으면 일, 대학, 책임감 따위를 싹 잊게 돼요.
이유는 모르겠지만, 오롯이 저 자신이 될 수 있죠.
뿐만 아니라 무언가를 건강하게 키운다는 건 굉장한 일이랍니다.
제가 누군가에게 도움을 주는 긍정적인 사람이 된 것 같거든요.
제가 만든 작은 숲 안에서는 저 자신을 믿을 수 있어요.
―타스님 사드 알레네지Tasneem Saad Alenezi

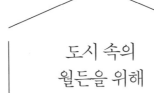

도시 속의
월든을 위해

이른 아침, 내가 탄 비행기가 싱가포르의 한 활주로에 닿았다. 인도 네시아의 불타오르는 산림에서 나온 연기인지, 아니면 그저 연무가 긴 구름인지 모를 가벼운 실안개가 공기 중에 걸려 있었다. 기내용 가방을 움켜쥐고 바깥을 확인하기 위해 오른쪽 눈에서 눈곱을 떼어냈지만, 여 전히 안개가 뿌옇게 시야를 가렸다.

비행기에서 내려 녹색 잎이 끝없이 펼쳐져 있는 풍경 속으로 들어갔 다. 크게 심호흡을 했다. 열두 시간 동안 좁아터진 비행기 좌석 안에서 재활용되는 공기를 마시며 둔감해졌던 감각이 창이공항의 널찍한 복 도와 하늘을 찌를 듯한 천장, 독특한 질감의 녹색 바다를 빨아들였다.

창이공항 복도는 온통 식물 그림 벽지로 채워져 있으며, 진짜 식물도 빈틈없이 들어차 있다. 잎이 무성한 드라세나, 필로덴드론, 몬스테라, 에피프레넘이 벽에 붙어 자라고 있다. 수하물 수취소로 가보자. 팔레놉시스, 안수리움, 파인애플과 식물인 네오레겔리아가 컨베이어벨트 안쪽에 밀집해 섬을 이루고 있다. 라운지에서는 빽빽하지만 깔끔하게 손질된 키 큰 야자수, 푸크시아, 코르딜리네, 그리고 다양한 열대식물들이 눈부신 광경을 연출하고 있다.

아침 7시 공항에 도착한 나는 세 시간이 지난 뒤에야 공항에서 나왔다. 항공사에서 내 짐을 잃어버린 탓도 있지만, 서둘러 떠나고 싶은 마음이 들지 않았기 때문이었다. 짐이 나오길 기다리는 동안 라운지에 있는 야자수 밑에 앉아 이른 점심을 먹으면서 무척 행복했다. 이런 상황에서 이런 생각을 할 수 있는 공항이 과연 몇 곳이나 될까?

싱가포르의 녹지는 공항에서 끝나지 않는다. 싱가포르는 실내식물 애호가의 메카라고 할 수 있다. 경이로운 원예 세계의 디즈니랜드이자 식물 애호가의 낙원이다. 식물이 삶에 얼마나 긍정적인 영향을 미칠 수 있는지 궁금하다면 싱가포르에서 아무나 붙잡고 말을 붙여보라. '식물과 함께 살아가는 일'은 싱가포르 사람들의 일상 속에 깊이 자리 잡고 있다. 식물에 무관심했던 대학 시절 룸메이트 레이조차 '이국적인 미국산 공중식물'을 가져오라고 메시지를 보냈을 정도다. 그는 틸란드시아에 꽂혀 컬렉션까지 만들면서 그것을 내게 보여줄 생각을 하면 매우 흥분된다고 했다. 식물을 쇼핑하기 가장 좋은 장소를 찾는 데 도움이 될 팁을 몇 가지 알려주기도 했다.

적도에서 정북 방향으로 불과 141.6킬로미터 떨어져 있어 상대습도가 70~80퍼센트에 이르는 싱가포르는 사람이 살기에 쾌적한 환경이라고 하기는 어렵지만, 전혀 힘들이지 않고 빌딩 위에서 햇볕을 쬘 수 있어 열대식물에게는 극락이 따로 없다. 싱가포르 거리를 걷다 보면 눈길이 닿는 거의 모든 공간에 기분 좋은 녹지 공간이 있는데, 이는 바로 이런 환경 덕분이기도 하다.

공항에서 나와 묵을 호텔을 찾기 위해 지하에 있는 기차역에서 지상으로 나왔을 때도 마찬가지였다. 고개를 드니 오아시아 호텔 다운타운 근처였다. 2018년 세계초고층도시건축학회에서 세계 최고의 고층 건물로 지정한 이 호텔은 60층 건물의 외벽 전체가 녹색으로 뒤덮여 있는 것이 특징이다. 에피프레넘, 툰베르지아, 파시플로라, 바우히니아 같은 덩굴식물들이 붉은색 강철 외관을 위에서부터 아래까지 뒤덮어 매혹적인 모습을 보여준다. 호텔 안으로 들어가면 탁 트인 테라스에 건물 용적의 40퍼센트 이상을 차지하는 넓이에 우뚝 솟은 떡갈잎고무나무와 크루시아로 공용 녹지 공간이 조성되어 있다. 부동산 매입가에 프리미엄이 붙는 건물인데도 놀랄 만큼 녹지 공간이 넓다. 이처럼 싱가포르에서는 시민과 고객의 삶의 질을 극대화하려는 정부와 민간기업들의 노력이 (강박에 가까운) 트렌드가 되어 있다. 이곳에서는 삶의 질을 높이는 수단으로 식물을 즐겨 사용한다.

싱가포르가 항상 이런 녹음의 천국이었던 것은 아니다. 내가 처음 이 섬 도시국가를 방문한 2005년에는 환상적인 건축 디자인과 방대한 양의 식물로 조성된 1000제곱미터 면적의 자연 공원 가든스 바이 더 베이가 구상화 단계였다. 이 공원은 300개의 공원과 네 곳의 자연보호구역과 함께 싱가포르가 '정원 도시'에서 '정원 속 도시'로 이미지를 쇄신하도록 도운 대표적인 공간이다. 싱가포르가 녹음에 둘러싸인 세계 최고의 도시라는 이미지를 자랑하는 데 크게 기여했다.[9] 가든스 바이 더 베이의 플라워 돔과 클라우드 포레스트에는 싱가포르의 큰 비전이 압축되어 있다고 할 수 있다. 클라우드 포레스트를 대표하는 조경물은 녹색으로 뒤덮인 거대한 벽, 35미터에 이르는 폭포, 그리고 입을 딱 벌린

관광객들이 점점이 흩어져 있는 스카이웨이다.

가든스 바이 더 베이 온실 사업의 조감독인 채드 데이비스는 이렇게 말했다. "가든스 바이 더 베이의 3차원 투시도를 봤을 때 영화 〈아바타〉의 한 장면 같다는 생각이 들었습니다. 싱가포르는 이 공원 덕분에 유명해졌고, 지금은 전 세계의 귀감이 되었죠. 가든스 바이 더 베이는 정부가 싱가포르를 녹화하기 위해 얼마나 관심을 갖고 노력을 쏟았는지 보여주는 증거라고 할 수 있습니다. 이곳이 개관할 때까지 정부의 지속적인 자금 지원이 있었습니다. 싱가포르 녹화 계획을 논의할 때 싱가포르 정부는 더 없이 진지한 태도로 임했습니다."

뉴욕 면적과 비슷하고 런던 면적의 절반 정도인 싱가포르는 1965년 말레이 연방에서 독립할 당시 인구가 190만 명 정도였다. 50년이 조금 지난 현재 싱가포르는 인구수가 거의 세 배로 불어나 570만 명에 육박하면서 세계에서 두 번째로 인구 밀도가 높은 국가가 됐다. 말레이반도 끝 돌출부에 위치한 싱가포르에선 급증하는 인구와 경기 호황에 발맞춰 집중적인 도시화가 이루어졌다. 섬의 지리적 특성상 사면이 바다로 막혀 있지만 이에 얽매이지 않고 자연적으로 생겨난 늪지대와 강어귀를 메워 육지를 만들기 시작했다. 바다의 일부를 매립하는 간척 사업은 환경적인 측면에서 많은 논란을 불러 일으켰다. 그 결과, 싱가포르의 육지 면적은 독립 이후 무려 22퍼센트나 증가했다. 하지만 안타깝게도 그 과정에서 자연 환경은 크게 파괴됐다. 싱가포르의 인구 성장은 비교적 안정적으로 이뤄지고 있지만, 이 같은 추세가 지속되면 2020년 무렵에는 인구가 600만 명에 이를 것으로 전망된다. 인구 증가에 대응하려면 싱가포르에 녹지 공간이 아닌 건물을 더 지어야 하는 것이 아닌가, 생각할 사람도 있을 것이다. 하지만 지난 몇십 년간 싱가포르 정부는 주차장, 건물, 심지어 수로와 저수지 위를 떠다니는 인공식물섬 등 모든 공간에 자생종과 외래종을 가리지 않고 가능한 한 많은 식물을 심기 위해 힘써왔다.

싱가포르가 이렇듯 녹지에 관심을 갖게 된 이유는 무엇일까? 또한 자연을 가까이하면 구체적으로 어떤 점이 좋은 걸까? 싱가포르는 다른 도시들과 마찬가지로 도시 열섬urban heat island, UHI 현상에 특히 취약하다. 도시 열섬은 초목을 없애고 그 자리에 아스팔트나 콘크리트 같은 인공 구조물이 들어서고 인간 활동이 이루어지면서 시골 지역에 비해 상대적으로 온도가 높아지는 현상이다. 싱가포르의 경우, 특정 낮 시간대에는 도심 지역의 온도가 시골 지역보다 7°C(12.6°F) 이상 높다. 그러다 보니 쾌적한 실내 환경을 만들기 위해 에너지 사용량이 급증하면서 오염이 발생하고, 실외에 있을 경우 사람들의 불쾌지수가 높아져 전반적인 웰빙에 악영향을 준다.[10]

이와 관련하여 쿨링 싱가포르의 선임 연구원이자 프로젝트 책임자인 콘래드 하인즈 필립과 얘기를 나눈 적이 있다. 쿨링 싱가포르는 싱가포르의 열섬 문제를 논의하고 이를 해결하기 위한 장기 전략을 세우기 위해 대학과 연구자, 정부출자기관이 모여 구성된 컨소시엄이다. 이런 작업의 일환으로 열대 기후에서 인간의 안락함을 증진하기 위한 열 완화 전략이 80가지 이상 수집됐고, 싱가포르 북동부에 위치한 풍골 지역에서 주민과 행인을 대상으로 현장 조사가 실시됐다. "사람들은 버스터미널 냉방 같은 인공적인 방법보다 녹지나 그늘 같은 자연적인 방식을 선호합니다." 필립이 스카이프 전화로 한 이야기다. 사람들에게 선호도에 따라 열 완화 전략의 순위를 매기도록 하자 '초목이 우거진 거리'와 '녹음으로 덮인 건물 외관'이 각각 1위와 2위를 차지했다. 인터뷰 대상자들이 선호한 것은 푸르른 자연이었다.

녹음이 우거진 거리와 건물 외관을 조성하고 이를 유지하는 비용에 대해 철저히 분석할 필요가 남아 있지만, 싱가포르 정부는 도시 녹화 노력을 게을리하지 않았다. "나무를 심을 적기는 20년 전이었다. 그 다음 적기는 지금이다"라는 격언을 마음 깊이 새긴 것 같았다. 이 같은 사전 예방 정책은 큰 성과를 올렸다. 싱가포르는 녹화 사업의 다양한 장점을 보여주는 훌륭한 성공 사례다.[1] 녹지로 인해 도심의 기온이 무려 4.5°C(8°F)나 내려갔을 뿐만 아니라, 건물 외관에 배치한 식물 덕분에 실내외에 있는 사람들이 안락함을 느끼게 되었고, 시민들의 행복도와 참여도가 향상됐다.

싱가포르는 도시 녹화 사업이 가져올 수 있는 거시적인 수준의 혜택을 보여주는 전형적인 사례다. 이렇듯 도시 차원의 녹화가 진행되길 기다리는 동안, 개인들도 저마다 식물들과 만나 자신만의 녹지를 만들기 위한 노력을 기울였다.

내가 싱가포르에서 방문한 테라스케이프스 육묘장에서도 그런 모습을 찾아볼 수 있었다. 육묘장에 발을 들이자마자 백색앵무, 멕시코잉꼬, 카이큐앵무 등 형형색색의 새 무리가 일제히 울어댔다. 나를 맞아준 사람은 불과 2년 전부터 테라스케이프스의 소유주 샌디와 함께 일하기 시작한 브리짓이었다. 그녀는 잘 죽지 않는 다육식물을 찾기 위해 이 육묘장을 방문했고, 샌디와 식물을 키우는 일에 관한 얘기를 나누던

중 같이 일하면 서로 도움이 되겠다는 생각이 들었다고 했다. 브리짓은 식물에 대한 전문 지식은 없지만, 어린 시절 부모님이 메추라기 농장에서 모든 먹을거리를 키워내는 것을 보면서 식물에 흥미를 갖게 되었다고 설명했다. "어렸을 때는 시장에 가서 채소를 사는 일이 거의 없었어요. 밭에서 나는 걸 그냥 따다가 먹었거든요. 그게 일상이었기 때문에 특별하다고 생각해본 적이 없어요." 브리짓의 말이다.

실력 있는 검안사인 그녀는 카페와 자선단체도 운영했는데, 이 모든 일을 포기할 수밖에 없는 사건이 일어났다. 8년 전쯤 자가면역질환을 앓기 시작한 것이다. 끊임없이 스트레스를 받는 데다가 제대로 치료받지 않고 병을 방치한 것이 원인이었다. 그녀도 그 사실을 인정했다. "늘 바쁘게 뛰어다녔어요. 불면증에 시달렸지요. 그러다가 만성적인 통증과 우울증이 시작됐어요." 그녀는 그저 얼마간 일을 쉬고 휴식을 취하면 나을 것이라고 생각했다. 하지만 세 달을 쉰 뒤에도 증세는 나아지지 않았다. "통증이 가시지 않았어요. 혈액 검사를 하러 갔더니 의사 선생님이 몸 전체에 염증이 생겼다고 하더군요."

브리짓은 스트레스 때문에 서서히 일을 줄일 수밖에 없었다. 그러다가 부모님과 더 많은 시간을 보내게 되면서 어머니의 탁월한 원예 실력을 새삼 눈여겨보게 되고 자신도 다육식물을 몇 가지 재배해봐야겠다고 생각했다. 이런 이유로 테라스케이프스를 찾게 된 것이다. 해외에서 식물을 사와 재판매하는 대부분의 육묘장과 달리, 샌디의 육묘장은 육묘장에서 재배하고 있던 식물의 종자를 뿌리거나 꺾꽂이하는 방식으로 식물을 증식시킨다는 점이 브리짓에게 더욱 매력적으로 느껴졌다. 집에 놓을 식물을 한두 개 사려고 이곳에 들른 것을 시작으로 그녀의 증상은 완화되기 시작했다. 그러다 보니 어느 순간 샌디를 돕고 싶다는 생각을 하게 됐다. 그녀는 온실 일을 돕고 싶다고 제안했다. 샌디는 동지가 생겨 무척 기뻐했다.

"식물이 증식하고 생장 과정을 지켜보는 일은 큰 만족감을 줘요." 브리짓은 웃으며 이야기했다. "그래서 자꾸 이곳에 와서 일을 하게 되나봐요. 게다가 손에 흙이 묻는 것도 좋아요. 왠지 기분이 좋아지거든요. 명상은 아무리 노력해도 안되는데, 손에 흙을 묻히고 잡초를 뽑다 보면 제대로 명상을 한 것처럼 차분해지는 느낌이 들어요. 몇 시간이고 그렇게 있을 수 있죠." 식물은 브리짓이 조금이나마 생산적인 일을 하도록 도왔다.

모리셔스 출신의 제임스 이피도 브리짓처럼 식물을 치료 목적으로 이용했다. 그가 10대 초반이었을 때 한 이웃이 여려 보이지만 질긴 검은색 줄기에 가느다란 손 모양 이파리가 달린 봉작고사리를 줬다. 이 사소한 행동이 식물 사랑의 불씨가 됐다. 현재 그는 일 때문에 온 싱가포르에서 작은 발코니 정원을 훌륭하게 가꿔 나가며 살고 있다.

"발코니를 보고 이 집을 선택했습니다. 여기에 식물을 키우면 좋을 것 같아서요." 집에서 자라는 아름다운 석송 등 양치식물들을 구경하려고 들렀을 때 그가 내게 한 말이다. 공간을 활용하기 위해 발코니 천장에 빨랫줄처럼 연결해놓은 철사에 부드러운 녹색 장식 술처럼 석송이 매달려 있었다.

"전 IT 관련 일을 합니다. 식물이 없다면 업무 시간 외의 개인적인 시간에 뭘 해야 할지 딱히 생각나는 게 없네요. 식물은 저에게 치료제 같습니다. 직장에서 아무리 힘든 하루를 보내도 저녁에 퇴근해서 소박한 정원을 보는 순간 고민이 싹 사라집니다. 식물들이 저를 의지하고 제 보살핌 속에서 자란다는 사실이 위안도 되고 치유도 됩니다. 식물을 돌보는 것은 말 그대로 제 정신을 온전히 지켜주는 일입니다."

도시에서 냉정함과 차분함을 잃지 않기 위해 식물의 도움을 받는 것만큼 건강한 해결책은 없다.

아시아 전역의 다른 도시들처럼 급속한 도시화를 거치느라 녹지에 쉽게 접근할 수 없는 일부 지역에서는 '생명 공포증'을 앓는 아이들의 사례가 보고되고 있다. 이는 자연에 노출되지 않은 사람이 야외에 나갔을 때 거리낌이 들고 두려움과 불안감을 느끼는 현상을 말한다. 이 같은 증상을 호소하는 사람들 중 일부는 손에 흙이 닿는 것조차 두려워한다. 그런 점에서 싱가포르가 보여준 대응은 감탄스럽기까지 하다. 오늘날 싱가포르는 721.3제곱킬로미터에 이르는 국토 면적 중 3분의 1이 녹지로 덮여 있고, 300만 그루의 나무가 거리와 공원, 주거지, 옥상과 발코니에서 자라고 있다.[12] 공원들은 300킬로미터의 푸른 오솔길과 통로로 서로 연결되어 있고, 80퍼센트가 넘는 사람들이 10분 이내 거리에 녹지 공간이 있는 주거지에 살고 있다.

다시 뉴욕으로 돌아와보자. 이곳에는 확실히 녹지가 부족하다. 위도상 그럴 수밖에 없는 환경이기도 하다. 겨울철에는 아이비만 띄엄띄엄 벽을 타고 자랄 뿐이다. 이렇듯 계절적으로 불리한 조건에도 불구하고 지난 10년 동안 적어도 내가 사는 지역에서는 공원과 옥상 정원, 비밀 정원 등이 느리지만 꾸준하게 확대돼왔다. 내가 꾸린 커뮤니티 가든은 도시 한가운데서 멋진 은신처 역할을 톡톡히 하고 있다.

싱가포르와 마찬가지로, 뉴욕에서 녹지 공간이 늘어난 데는 그럴 만한 이유가 있다. 단지 정원이 예쁘거나 부동산 가격을 올려주기 때문만은 아니다. 여러 연구를 통해 밝혀졌듯, 깔끔하게 손질된 공원이든 도심 숲이든 골목을 개조해 만든 커뮤니티 가든이든 도시 안에 조성된 녹지 섬들은 정신 건강에 무척 긍정적인 영향을 준다. 한 연구 결과, 이런 녹색 지역은 우울감을 40퍼센트, 무가치감을 50퍼센트 정도 낮춰주는 것으로 밝혀졌다.[13] 또한 녹지 공간은 사람들에게 야생을 관찰할 기회를 준다.

매일 공원을 걷기 힘들더라도 잠깐 산책하는 것만으로도 도움이 된다.[14] 주로 병원에 입원한 환자들을 대상으로 진행된 수많은 연구에 따르면, 자연경관이 보이거나 실내식물이 있는 병실에선 환자의 불안이나 걱정, 긴장감이 줄어들었다. 건물이 아닌 나무들이 내다보이는 병실을 이용할 만큼 경제적 여유가 있는 사람들은 더 적은 진통제를 복용하고 수술 후 회복 시간도 더 빨랐다.[15] 뿐만 아니라 한 소규모 연구는 실내식물을 옮겨 심는 활동이 정신적, 생리적 스트레스를 더 크게 줄여준다고 보고했다. 이런 진정 효과는 교감신경계 활동과 혈압이 억제되

면서 얻어진다.[16]

식물을 곁에 두면 치유 효과를 얻을 수 있다는 사실이 밝혀지면서 원예치료 같은 직종도 생겨났다. 원예치료는 의사가 원예 활동과 자연과의 교류 등 식물을 통해 치료 및 재건 프로그램을 설계하는 학문 분야다.

의료 사회복지사이자 공인 원예치료사, 임상 조교수, 《원예치료저널 Journal of Therapeutic Horticulture》 편집장인 매튜 위치로스키는 1991년 원예치료 분야에 발을 들였다. 그는 대학을 졸업한 후 오래된 온실을 개조한 일을 계기로 나중에 이 온실에서 자폐증 성인들을 치료하는 프로그램을 개발하는 과정에 도움을 주었다. "많은 주민이 온실에 있을 때 눈에 띄게 차분해지는 모습을 보고 이에 대한 조사를 하게 됐고, 그러다 자연과 관련된 일을 하는 커뮤니티가 있다는 것을 알게 됐습니다." 매튜가 내게 해준 말이다. 이 일을 계기로 그는 뉴욕대 랭곤 병원의 러스크재활의학협회에 있는 에니드 홉트 유리 정원에서 일하기 시작해 지금까지 25년간 근무하고 있다.

158제곱미터 넓이의 온실로 이루어진 이 유리 정원은 원래 병원 환자들의 요양소로 설계됐다가 1970년대부터 원예치료에 활용되기 시작했다. 안타깝게도 2012년 허리케인 샌디 때문에 정원과 병원이 모두 크게 피해를 입었는데, 그때부터 매튜는 임시방책으로 꽃과 나무로 가득 채운 카트를 환자의 머리맡에 가져다 두기 시작했다. "제 환자 중에는 퇴원한 후 자신이 고른 식물을 집으로 가져가는 분이 많습니다. 중요한 건 환자들이 자신에게 무언가 할 힘이 있다고 느낀다는 것, 그리고 식물을 돌보는 방법을 안다는 것입니다. 어떤 사람들에게는 그게 자신감을 높이는 방법일 수 있죠."

원예치료 분야가 발전함에 따라 이와 관련된 연구도 갈수록 활발해지고 있다. 한 연구는 원예치료 프로그램이 심폐 재건 환자들에게 미치는 효과를 입증했는데, 원예 프로그램에 참여한 환자들이 대조군에 비해 기분 상태가 더 좋고 스트레스도 덜 받는 것으로 나타났다.[17] 또 다른 원예치료사는 환자들을 직접 치료하면서 느낀 생각을 글로 적어 보내주기도 했다.

제 환자들은 대부분 생활 지원 시설이나 치매 요양원에 계신 노인 분들입니다. 재정착한 난민이나 병상을 떠날 수 없는 분들도 돌봅니다. 저는 식물과 원예 활동을 통해 환자들의 삶의 질과 전반적인 정서를 끌어올립니다. 놀랍게도, 자연과 식물이 다양한 방식으로 여러 환자에게 한숨 돌릴 만한 여유와 치유를 주는 모습을 매일매일 목격한답니다. 한번은 중증 치매 환자를 돌본 적이 있습니다. 거동도 불편하고 치료 기간 내내 거의 말을 하지 않았지요. 한 번쯤 노래하는 듯한 소리를 들었을 뿐, 전혀 말을 하지 않았어요. 그러던 어느 날 야외에 있는 화단에서 그룹으로 원예 활동을 하고 있는데, 그분이 부축을 받아 휠체어에서 일어나더니 갈퀴를 들고는 흙을 갈기 시작하더군요. 식물을 심을 때는 노래도 흥얼거렸어요. 그러더니 갑자기 이야기를 하기 시작하는 거예요. 아버지의 농장에서 자란 얘기며, 직접 재배한 곡식 이름을 말해줬어요.

재정착한 난민 얘기도 들려드릴게요. 나무와 나이테에 관한 내용을 이야기하고 있었는데, 그분이 나무의 나이테를 보고는 자신이 모국에서 추방된 후 갖은 고생을 하면서 느낀 감정과 트라우마를 나무의 역사와 결부시켜 이야기하더군요. 그녀는 자신이 유년 시절에는 행복한 시간을 보냈지만 전쟁을 겪으면서 힘든 시간을 견뎌야 했던 것처럼, 이 나무도 어떤 시기에는 무럭무럭 자라며 큰 생장을 보인 반면 또 어떤 시기에는 가뭄이나 산불, 해충 같은 문제를 견디며 조금씩 생장한 것 같다고 했습니다.

—수전 모건

매튜의 의견에 따르면 원예치료는 자폐증이나 치매 같은 특수 질환뿐만 아니라 스트레스를 치료하는 데도 점점 더 많이 이용되고 있다. 북유럽 지역에서 진행된 여러 컨퍼런스에 참석해 발표한 바 있는 그는 북유럽 사회에서 번아웃증후군이 성행하고 있다고 알려주었다. "원예치료는 사람들이 다시 직장으로 돌아가 사회의 일원으로서 제 역할을 하는 데 도움을 줍니다. 건강한 생활 방식을 촉진하는 데 이보다 더 좋은 방법은 없을 겁니다."

많은 사람이 식물을 통해 스트레스 완화 효과를 얻고 이와 비슷한 체험담을 전해주었다.

저는 불안감이 심한 편이라 혼자 상념에 잠길 때면 격한 감정에 사로잡혀 금세 우울해지곤 해요. 병원에 가볼까 생각한 적도 있지만 어떤 결과를 듣게 될지 두려워서 차마 발걸음이 떨어지지 않았어요. 그러다 우연한 기회에 식물에게 관심을 갖게 되면서 불안감이 줄어들었어요. 식물을 돌보는 데 집중하느라 아무 생각도 못하게 된 거죠. 예를 들어, 예전에는 제가 한 일이나 성취한 것들이 너무 부족하고 앞으로도 쭉 그럴 거라는 생각에 무척 불안했어요. 매일 그런 생각을 하면서 울기도 많이 울었죠. 그런 저를 보며 남편과 가족들도 무척 힘들어했어요. 그런데 어찌 된 일인지 주변에 식물이 늘어날수록 기분이 점점 가벼워졌어요. 가슴이 홀가분해지는 것 같았죠. 식물들이 제 보살핌 속에서 잘 자라는 모습을 보면서 성취감을 느끼게 된 것 같아요.

—니나

전 소프트웨어 개발자예요. 직업상 연장 근무하는 일이 많아서 집에 늦게 들어가는 경우가 비일비재하죠. 그러다 3년 전 스트레스도 해소하고 애완견을 잃은 슬픔을 달래기 위해 식물을 키우기 시작했는데, 그게 취미가 돼버렸어요. 지금은 식물 가꾸기와 관련된 소셜미디어 그룹에 관심을 기울이고 있어요. 여기서 친구들도 사귀게 되었죠. 식물을 키우면서 근심을 잊고 자연을 살리는 일도 하게 되었답니다.

—마리카

전 리테일테크업계에 종사하고 있습니다. 감각이 과부하를 일으킬 만큼 급변하는 환경이라서 정신적, 정서적, 육체적으로 매우 힘든 게 사실입니다. 그런데 식물을 돌보면 마음이 진정되면서 차분해지더군요. 식물에게 물을 주고 잎의 먼지를 닦아주고 벌레가 붙어 있지 않은지 틈틈이 확인합니다. 그러면 식물은 성큼 자라거나 화사한 꽃을 피우는 것으로 보답하는데 그렇게 흐뭇할 수 없습니다. 식물이 성장하는 모습을 보고 있으면 참 재미있어요. 식물을 돌보는 일을 통해 성취감과 행복을 느낍니다. 때로는 저만의 녹지 공간을 가만히 바라보는 것만으로도 눈과 마음의 피로가 풀려요.

—@Plant_Jemima

사람을 치유하고 위로하는 시각적 수단으로 식물을 이용한다는 이 개념은 수천 년 전부터 존재했지만, 지금의 우리에게는 새롭거나 '뉴에이지'처럼 느껴질 수도 있다. 어쩌면 우리가 이런 생각을 가볍게 넘겼거나 너무 당연시해왔는지도 모른다. 고대 이집트에서는 왕들이 대규모 토지를 따로 떼어내 사람들이 와서 즐길 수 있는 나무 사원을 만들었다.[18] 학생들은 이곳에서 식물의 의학적, 초자연적 신비를 공부했다. 또한 중세 유럽에서는 아픈 사람들의 고통을 덜어주기 위해 수도원에 정교한 정원을 조성했다. 1800년대 유럽과 미국에서는 이런 이유로 병원에 정원을 조성하고 식물을 심는 사례가 많았다.[19]

오늘날 아시아 전역의 의사들은 불안감이 심한 도시 거주자들에게 '산림욕'을 처방한다. 1982년 일본 농림수산부가 만든 이 용어는 숲에 들어가 그곳의 공기를 마시는 것이라고 정의할 수 있다. 이 치료법을 처방하는 의사들은 대체로 며칠간 숲으로 짧은 여행을 떠날 것을 제안한다. 산림욕이 사람들의 건강에 미치는 효과는 부인할 수 없다. 산림욕 전후 상태를 비교한 결과, 산림욕을 한 후 코르티솔(스트레스 호르몬) 수치와 맥박수, 혈압이 낮아졌을 뿐만 아니라 신체 안정과 소화에 도움을 주는 부교감신경의 활성도가 커지고 인체의 '투쟁-도피' 반응을 활성화하는 교감신경의 활성도가 줄었다. 또 면역 기능과 반응이 활발해지고, 도시 지역에 있을 때보다 감정이 훨씬 긍정적으로 변했다.[20]

근처에서 숲을 찾을 수 없다면 어떻게 해야 할까? 도시에서 자연과 연결될 수 있는 가장 쉬운 방법은 식물을 실내로 가져오는 것이다. 실내식물은 내 안에 잠재된 다른 생명체에 대한 호기심을 일깨움으로써 심신을 편안하게 만들어주고 가벼운 마음으로 즐겁게 할 수 있는 일이 되어준다. 뿐만 아니라 어느 때든 온전한 나를 느낄 수 있도록 도와준다. 실내식물은 자신 스스로를 사랑하도록 도와줄 뿐만 아니라 밖으로 나가 대지를 소중히 하라는 메시지를 전해준다.

———— 식물이 가지고 온 공동체의 결속 ————

1892년 출간된 『뉴욕 살이의 명암, 또는 빛과 그림자Darkness and Daylight; or, Lights and Shadows of New York Life』에는 뉴욕 이스트강 유역의 콜리어스 훅(지금 내가 살고 있는 곳의 바로 맞은편이다)에서 조그맣게 시작된 정원의 이야기가 감동적으로 소개되어 있다. 단순하지만 통찰력 있는 이 작은 시도는 엄청난 효과를 불러왔다. "경찰과 절도범, 살인자, 부랑자들에게만 알려진 땅. 황폐한 빈민굴"로 묘사되는 이 지역은 빈민가 아이들을 위한 보금자리가 됐다. 책에 따르면 이곳의 재건은 부분적으로 식물로 인해 시작됐다. 어린이구호회의 설립자가 이 빈민굴을 돌아다니다가 사방에서 햇볕이 들어오는 개방형 건물을 발견하고는 이곳을 관리할 관리인을 고용했는데, 마침 그가 식물을 사랑하는 금손이었던 것이다. 그다음 일은 책에 다음과 같이 생생하고 자세하게 설명되어 있다.

금손이 맨 처음 발견한 곳은 어지간한 벽장 크기에도 미치지 못하는 작고 기다란 뒷마당이었다. 그는 그늘진 주변 자리에 관목과 꽃, 덩굴식물을 심어 그곳에서 휴식을 취하는 사람들이 시골에 온 듯한 느낌을 받게 했다. 하수관과 오수에서 올라오는 악취가 심했는데 히아신스와 헬리오트로프, 제비꽃으로 이 냄새를 억눌렀다. 위층의 교실과 기숙사에는 식물과 꽃들을 점점이 배치해 의도치 않게 거친 아이들을 길들였다.

창문마다 식물 천지가 됐다. 어디에서나 새순과 꽃송이, 녹색 이파리, 기어가는 덩굴들이 보였다. 작은 뒷마당이 식물들로 꽉 차자 그는 여기서 그치지 않고 온실을 지었다. 그는 화초 재배 기술을 배운 적이 없지만 기적처럼 많은 식물을 키워냈다. 머지않아 리빙턴 가를 비롯한 그 지역 전체의 어린 부랑자들에게 색다른 보상이 찾아왔다. 우르르 모여든 아이들은 식물의 생장 과정을 지켜보며 한껏 기뻐했다.[21]

식물을 사랑한 한 남자의 열정이 한 공동체를 완전히 바꿔놓았다. 사람들은 꽃을 보기 위해 멀리서 찾아왔다. 그는 창턱에 놓을 수 있게 빈 깡통이나 나무 상자에 식물을 심어 아이들에게 주었다. 그 결과, 수천 명이 창가에서 식물을 키우게 됐다. 식물을 향한 이 넘치는 열정은 최초의 '뉴욕 플라워 미션Flower Mission of New York'으로 이어졌다. 환아를 위한 자선 시설Sick Children's Mission에 사는 아픈 어린이들과 빈민층 사람들에게 꽃을 선물하는 이 프로젝트는 식물 증식 설비 겸 온실을 지어야 할 정도로 큰 인기를 끌었다. 온실 수용량은 점차 늘어나 5만 그루가 넘는 식물이 종자나 꺾꽂이를 통해 번식했다. 환자와 빈민층에게 10만 개가 넘는 꽃다발과 꽃을 나눠주기 위해 공동체 전체가 힘을 합쳐야 했다. 병문안을 갈 때 꽃을 가져가는 것은 지금까지 이어지고 있는 관습이다. 한 남자의 식물 사랑에 작은 뿌리를 둔 이 관행은 의도치 않게 많은 사람에게 기

뿜을 주었다. 식물을 키워 다른 이들과 나누는 단순한 행동을 통해 한 공
동체를 결속시키고 행복하게 만들었다.

꼭 친환경 의식이 높은 공동체에 살아야만 식물이 선사하는 안녕감
을 맛볼 수 있는 것은 아니다. 매튜는 개인적인 목표와 전문적인 치료
계획을 결합하는 원예치료 외에도 "치료 목적의 원예 활동"이 있다고
알려주었다. 물론 이런 활동도 목표를 세우기는 하지만 진단이나 기록
은 이루어지지 않는다. 사람들이 보내준 사연 중에도 이런 일상적인 치
료 목적의 원예 활동을 개인적으로 경험한 사례가 많았다.

저희 할머니는 세상을 떠나는 순간까지 최선을 다해 정
원을 가꾸셨습니다. 맨손으로 흙을 만지는 걸 사랑하는 분
이셨죠. 이렇게 흙을 직접 만지는 행위는 치료 효과가 있더
군요. 오랫동안 만성 우울증과 불안증에 시달렸는데, 증상
이 악화되면서 식물을 돌보는 것 말고는 뭔가를 할 수 없을
정도가 되었어요. 반려동물을 키우는 일조차 제게 너무 벅

찼습니다. 하지만 괜찮아요. 저에게는 식물이 반려동물이랍니다. 식물의 회복력은 제게 아무리 힘든 일도 극복할 수 있다는 희망을 줍니다. 뿐만 아니라 제가 모든 것을 통제할 수는 없다는 사실도 가르쳐주지요.

—토브 T.

작년에 제게 심장질환이 있다는 걸 알게 됐습니다. 자칫하면 심장마비로 발전할 수도 있는 상황이었습니다. 그래서 어쩔 수 없이 제세동기를 이식했습니다. 수술 후 회복되기까지 많은 시간을 방에서 보내야 했지요. 그래서 꽤 우울했어요. 그런데 제 방에 멋진 천장 식물이 있었습니다. 그것으로 만족하지 않고 식물을 더 들여놓기 시작했지요. 지금 제 방은 정글 같습니다. 덕분에 수술 자국이 욱신거릴 때면 우울한 기분을 뿌리치고 휴식을 취할 수 있게 되었답니다.

—사이먼

정신질환을 앓고 있는 저는 사회적으로 고립된 상태에

요. 특히 미소포니아로도 알려진 '청각 과민증' 때문에 다른 사람이 옆에 있을 때면 너무 힘듭니다. 사람들의 몸에서 나는 소리를 견딜 수 없어요. 그런데 식물은 그런 상황을 잘 넘길 수 있도록 제 관심을 분산시켜줍니다. 인터넷으로 가입한 식물 커뮤니티는 제가 사회적 교류를 하도록 도와주는 중요한 창구입니다. 식물이 대화 주제가 되면 마음이 환해지는 것 같아요. 식물원에 가보고 싶다는 생각을 하게 되면서 밖으로 나가는 일도 늘었어요. 처음으로 저 혼자 대중교통도 이용할 수 있었지요. 그러다 보니 혼자 돌아다닐 수 있을 만큼 자신감이 생겨났답니다.

— 프란치스카

저처럼 우울증을 달고 살다 보면 아침에 침대에서 일어나거나 커튼을 걷어 방 안에 햇빛이 들어오게 하는 것조차 힘이 들어요. 하지만 그런 상황에서도 식물이 저를 움직이게 해줍니다. 식물이 잘 자라려면 햇빛이 필요하다는 걸 알기 때문에 침대에서 일어나 커튼을 걷지요. 그러다 보면 식물은 물론 저 역시 햇빛이 주는 에너지를 받아들이게 됩니다. 무럭무럭 자라는 식물을 지켜보는 것은 정말 즐거운 일이랍니다. 식물은 삶 속에 아름다움이 있다는 것을 알게 해줘요. 기분이 바닥을 찍을 때조차 그런 아름다움을 길러낼 힘이 제 안에 있다는 걸 상기시켜줍니다. 절대 값을 매길 수 없는 선물이지요.

— 한나 S.

몇 년간 치료와 오진을 반복적으로 겪으면서 제 증상이 중증 주의력결핍형 ADHD라는 걸 알게 됐어요. 이런 저에게 아침저녁으로 식물을 돌보는 일은 정신을 집중하고 그날의 계획을 세우는 데 도움을 주더라고요. 식물은 저의 남다른 뇌가 만들어내는 소음에서 도망갈 수 있는 피난처예요. 식물이 내뿜는 에너지는 저를 담요처럼 감싸주죠.

— 파멜라 가넷

이 책에 실린 많은 사연에서 알 수 있듯, 식물에는 분명 치유력이 있다. 건강한 환경과 인간의 안정에 없어서는 안 되는 중요한 요소다. 그런데 많은 사람이 자연을 떠나 도시로 오면서 식물의 존재를 잃어버렸다. 왜 그런 것일까?

◯

일상 속에 자연을 들여놓기

1. 어릴 때 야외 활동을 하거나 식물을 보며 자란 경험이 많은가?
   지금은 어떤가? 어린 시절과 비교해 야외 활동이 적은 이유는
   무엇인가?

2. 일상생활 속에서 자연이나 야외 활동 요소를 늘릴 수 있는 방법
   은 무엇일까? 좋은 아이디어가 있다면 생각나는 대로 적어보자.

3. 앞으로 몇 주 동안 위의 목록 중 몇 가지를 시도해보자. 일상생
   활 속에서 자연 활동이나 야외 활동을 할 때 어떤 느낌을 드는
   가? 그 느낌을 적어보자.

3장

식물의 속도로
들여다보기

발가락을 실처럼 꼬아 뿌리 속에 넣고, 수액이 올라올 때 함께 솟구치며,
위대한 나무들의 속삭임에 귀를 기울여라. 나무들의 삶은 동물보다 더 오래되고,
훨씬 더 심오하며, 틀림없이 우리 모두의 태곳적 기원에 닿아 있을 것이니.
—가이 머치Guy Murchie, 『삶의 일곱 가지 신비The Seven Mysteries of Life』

전 식물의 생장과 발육, 변화 과정을 지켜보면서 호기심을 해소해요.
식물들의 고유한 모습을 보고 있으면 경이로운 마음이 듭니다.
식물은 저마다 필요한 것이 다르고, 우리의 손길에 각각 다르게 반응합니다.
저는 잎, 가시, 가시털을 하나하나 손으로 쓰다듬는 걸 무척 좋아해요.
느끼고 보고 만지고 맛보고 향기를 맡는 등 모든 감각을 동원하죠.
원예 덕분에 인내, 지략, 기지, 관찰력도 늘었어요.
저는 식물들을 그저 흙 위의 초록빛 밭으로 보지 않아요.
식물 하나하나를 유심히 들여다보고 각각의 특별함을 느끼죠.
—젬 유손Gem Yuson

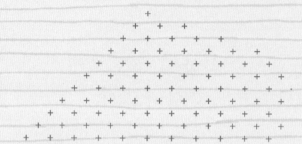

식물을 마음에
담기까지

　도시 사람들은 대부분 앞서 얘기한 식물의 치료 효과를 간절히 경험하고 싶어 하면서도 어떻게 자연과의 교감을 시작해야 할지 몰라 망설이기만 한다. 어쩌면 '내가 사는 곳엔 자연을 즐길 만한 장소가 전혀 없다'고 생각하는 사람도 있을 것이다. 그런데 그렇지 않다. 어디에 살든 관점만 바꾸면 쉽게 자연을 즐길 수 있다. 이 장에서는 그 방법을 설명할 것이다.

　도시 사람들이 자연과 멀어졌음을 보여주는 증거는 많다. 이는 부끄러워할 일도, 비난받을 일도 아니다. 살다 보면 무언가 혹은 누군가와 거리를 두는 일이 흔히 일어난다. 건강한 습관을 멀리하다 보면 운동이나 요가 수업이 주는 즐거움을 잊기 마련이다. 죽마고우나 학교 친구라도 졸업하고 나면 연락이 끊기기 쉽다. 오랫동안 의미 있는 대화가 오가지 않으면 심지어 부부 사이도 소원해진다. 자연과의 관계도 이와 다르지 않다.

저널리스트 리처드 루브가 만들어낸 '자연 결핍 장애Nature-deficit disorder'라는 말은 일반적으로 인정되는 의학적 진단명은 아니지만, 자연에서 떨어지거나 완전히 멀어질 때 인간의 건강과 안녕감에 미치는 폐해들을 이야기하는 용어다. 여러 연구에서 밝혀졌듯, 야외 활동의 감소, 다시 말해 농장과 밭, 숲과의 단절은 또 다른 비의학 용어인 '식물맹Plant blindness'의 원인일 가능성이 높다. 1998년 식물학자 제임스 완더시와 엘리자베스 슈슬러가 만든 이 용어는 '주변에서 자라는 식물을 봐도 알아차리지 못하는 증상'을 일컫는다.

미국 농무부 소속 식물병리학 연구학자인 프랭크 듀건은 런던에서 식물맹과 전반적인 식물 지식에 관한 연구를 수행한 결과, 학생과 대학 졸업생, 많은 생물 교사가 주변에서 쉽게 볼 수 있는 비교적 흔한 야생초 열 가지를 거의 구분하지 못한다는 사실을 알아냈다. 모두 영국 민간에 전승되는 야생초로, 그중 여덟 가지는 셰익스피어의 작품에도 언급됐을 정도다.[22] 한마디로, 교육 수준과 상관없이 대부분의 사람들이 알 만한 식물이었다. 이처럼 식물에 대한 지식과 인식 수준이 비교적 빠르게 낮아지는 것은 사람들이 식물보다 동물과 더 친밀한 관계를 맺으려고 하는 경향을 갖고 있기 때문이기도 하지만('동물 중심주의 zoocentrism'라고 알려진 관점이다), 우리가 자연에서 멀어지면서 자연과의 연결이 끊기기 시작했음을 보여주는 지표이기도 하다.

그렇다면 지금 당장 푸른 자연으로 당일치기 여행을 떠나고 산길을 걷고 사과를 따러 가야 하는 것일까? 물론 이런 활동들도 더할 나위 없이 좋지만, 다행스럽게도 자연과 교감하고 혜택을 누리는 일은 단순한 '바라보기'만으로도 가능하다. 삶의 속도를 늦추고 일상 속에서 자연의 산물을 관찰하고 즐길 마음의 여유를 갖는 것만으로도 충분히 실행에 옮길 수 있다. 구체적으로 어떻게 해야 할까? 식물을 알아차리고 관찰하며 식물의 관점에서 바라보는 삶에 호기심을 가져보라. 그럼 현관문을 나서는 바로 그 순간, 신비의 세계가 펼쳐질 것이다.

최근에 한 고객의 의뢰로 원예 관련 비즈니스 모델을 구상하는 일에 참여하게 됐다. 더 많은 사람을 원예로 유인할 수 있는 모델을 찾는 것이 목적이었다. "진짜 식물맹이 있더라니까요." 고객이 확신에 차서 말했다. 그는 내 동료(날 이 일에 끌어들인 당사자)가 자신을 처음 만나러왔을 때 사무실에 있는 엄청난 수의 식물이 진짜 식물이란 것을 알아채지 못하고 그저 사무실 인테리어의 일부라고만 생각하는 것 같았다고 설명했다.

식물맹은 생각 이상으로 우리 삶에 다양한 영향을 미친다. 식물을 인식조차 하지 못하면 식물이 우리 삶을 넘어 생태계에 미치는 중요성도 보지 못할 수 있다. 피해는 거기서 끝나지 않는다. 한 예로 환경보호와 정책에 대한 관심과 재정적 지원이 줄어들 수 있다. 미국의 경우, 정부에서 정한 멸종위기종 중 57퍼센트가 식물이지만 절멸 및 멸종위기종에 배정된 자금 중 식물을 보호하는 데 쓰이는 비용은 4퍼센트가 채 되지 않는다.

식물이 건강한 생태계를 구성하는 데 있어 중요한 기반이라는 사실을 고려하면 이 같은 격차는 더욱 심각하게 보인다. 전 세계적으로 2550곳이 중요식물지역(국제적으로 중요한 절멸 위기 식물종의 개체군이 서식하는 지역이나 위험에 처한 서식지, 이례적일 정도로 식물이 풍부한 지역)으로 지정돼 있지만, 이 중 일부 지역만 한정된 수준의 보호를 받고 있으며 대부분의 지역이 건설, 농업, 기후 변화에 이르기까지 수많은 종류의 위협을 받고 있다. 그러다 보니 결국 악순환이 반복될 뿐이다. 식물에 대한 관심이 부족하면 식물을 보호하려는 노력이 감소하고 식물이 자랄 공간이 줄어든다. 특히 식물의 자생지에서 식물과 직접적으로 교감할 기회가 사라진다.

사람과 사람 사이의 관계를 다시 생각해보자. 어떤 사람과 전혀 연결점이 없다면 우리는 어떻게 그와 관계를 맺을 수 있을까? 아무런 관계도 없는 상태에서 어떻게 관계에서 오는 긍정적이고 낙관적인 효과를 경험할 수 있을까? 식물과의 관계도 이와 다르지 않다.

다행히 나를 비롯한 연구자들이 밝힌 바에 따르면 식물맹은 치료 가능하다. '반려식물 프로젝트'로 알려진 최근의 한 연구에서 200명이 넘는 학생들에게 무엇인지 모르는 식물을 씨앗 단계부터 키우면서 생장 과정을 모니터링하고 매일 식물과 소통하도록 했다. 그러자 대다수의 학생이 프로젝트를 시작하기 전보다 식물에 대해 더 많이 알게 됐고 앞으로도 식물을 키울 계획이 있다고 밝혔다.[23] 비슷한 예로, 앞서 언급한 원예 비즈니스 모델 구상이 끝난 후 내 동료 중 많은 이가 식물에 대한 사랑과 감사의 마음을 깨닫게 됐다고 고백했다. 일부는 나중에 내게 와서 식물을 잘 키울 수 있는 방법을 물어보기도 했다. 이런 일은 내가 진행하는 식물 워크숍에서도 종종 일어난다. 특히 식물에 얽힌 내밀한 수수께끼를 알게 된 사람들이 호기심을 갖고 나를 찾아온다. 식물에 대한 기본적인 이해만 갖춰도 식물을 키우는 데서 오는 기쁨과 영감은 쉽게 전염된다!

치과 대학에 다닐 때 스트레스를 심하게 받았어요. 그러다 충동적으로 장미, 알로에, 돈나무를 사다가 학생 기숙사에 두었죠. 그런데 이 식물들 덕분에 기숙사에서 보내는 시간이 선물처럼 느껴지기 시작했어요. 장미 나무가 피워낸 아름다운 꽃을 바라보고 돈나무가 빠르게 자라나는 모습에 감탄하고 민간요법으로 알로에를 사용하면서 황홀하기까지 했어요. 기숙사를 나올 때쯤 후배가 제가 기르던 식물들을 이어서 키우고 싶다고 하더군요. 유산을 물려준 것 같아 행복했답니다.

—스리자 렌주 나이르

시아버지가 돌아가신 후 슬픔을 이겨내기 어려웠어요.

그러다 건강이 안 좋아져 혈액 검사를 받으러 갔는데 비타민 D가 부족하다고 하더군요. 비타민 D 수치를 높이기 위해 햇볕을 쬐러 산책을 나갈 때마다 시아버지가 무척 그리웠어요. 생전에 제가 식물에 대해 많이 여쭤봤거든요. 시아버지는 동백나무를 사랑하셨어요. 제 손바닥만 한 꽃을 피워내는 동백나무였죠. 순전히 충동적이지만 동백나무를 심어보는 게 어떨까 하는 생각이 들었어요. 얼마 지나지 않아 제라늄, 철쭉, 장미 같은 식물들을 심었는데, 너무 행복한 거 있죠! 더 놀라운 건 남편과 아이들도 이 식물들을 즐겁게 감상했다는 거예요. 아이들이 푸르른 식물에게 둘러싸여 피아노와 클라리넷을 연주하는 것을 듣다 보면 얼마나 행복한지 몰라요. 모두가 즐길 수 있는 아름다운 음악 정글이 만들어진 거죠.

—L. 맥

딸이 열일곱 살이 되고 나서 저와 자주 부딪쳤어요. 어느 날 고래고래 소리 지르며 대드는 아이를 보고 저도 모르게

"못된 년"이라고 말해버렸어요. 둘 다 충격을 받았지요. 제가 그런 말을 했다는 게 믿을 수 없었어요. 딸아이는 그 길로 집을 뛰쳐나갔어요. 저는 조금 있다가 저녁거리를 사러 식료품점에 갔어요. 그곳에 갈 때마다 식물 코너에 들르곤 했는데, 그날은 붉은색 하트 모양 안수리움이 눈에 들어오더라고요. 그 자리에 멈춰 서서 멍하니 바라보는 데 갑자기 눈물이 흐르는 거예요. 마음을 추스르고 저녁거리를 산 뒤 식물 코너로 가서 안수리움 화분을 집어들었어요. 집에 돌아온 뒤 진심을 담은 장문의 편지를 써서 그 화분과 함께 딸아이에게 주었어요. 그렇게 아이와 화해를 했죠.

5년쯤 흐른 뒤 딸아이가 대학을 졸업할 무렵이었어요. 그동안 저희는 많이 가까워졌죠. 기숙사에서 딸아이의 짐을 정리하고 있는데 딸아이가 창가에서 저 '못된 년'도 챙기라고 말하는 거예요! 처음에는 무슨 말인가 했죠. 알고 보니 몇 년 전 저에게 "못된 년"이란 말을 듣고 받은 그 화분을 가리키는 거였어요. 그 화분을 볼 때마다 엄마가 자신을 끝까지 포기하지 않았고 힘들 때도 자신을 사랑했다는 사실을 떠올렸다고 하더라고요. 힘들 때마다 엄마에게 말을 걸듯 그 화분에게 말을 걸었다고 했어요. 지금 그 화분을 보면 양심의 가책을 느끼면서도 한편으로는 딸과 저를 다시 이어주는 매개체가 되어준 것 같아 고맙기도 해요.

딸과 화해한 것 말고도 식물에 얽힌 추억은 더 있어요. 저희 어머니와 할머니는 식물의 일부를 잘라서 물에 담가 뿌리를 내리게 한 뒤 화분에 옮겨 심는 취미가 있었어요. 그렇게 해서 만든 각각의 화분에는 사연이 있었어요. 어떤 식물은 장례식장에서, 어떤 식물은 결혼식장에서, 또 어떤 식물은 휴가지에서 잘라 온 거였어요. 저도 이 전통을 이어받았어요. 예를 들어, 딸 결혼식 때 축하 화환에서 마음에 드는 가지를 잘라 온 뒤 뿌리를 내리게 했어요. 이런 식물들을 볼 때면 마음이 평온해질 뿐만 아니라 사랑하는 사람이나 친구들이 가까이 있는 듯한 기분이 들어요.

남편도 여기 동참했어요. 남편이 이라크에 배치되기 전 난초 화분을 사줬어요. 그이가 집에 왔을 때 난초가 잘 자라고 있는 모습을 보여주고 싶어서 열심히 키웠지요. 그 난초는 저에게 세상이나 마찬가지였어요. 남편이 집을 떠나 있는 동안 난초는 꽃을 피웠어요. 그 꽃은 영원히 피어 있을 것만 같았어요. 꽃이 지지 않기를 바라는 제 간절한 마음을 난초가 알고 있는 듯했어요. 2005년부터 지금까지 저희 가족과 함께하며 여전히 향기로운 꽃을 피우는 이 난초를 저와 남편은 무척이나 아낀답니다.

—디에나 린 콜

원예의 달인이든 초보자든 식물과 호흡을 맞춰 나가는 가장 좋은 방법은 식물을 '적극적으로 관찰'하는 것이다. 이렇게 관찰하다 보면 원예 실력을 갈고닦을 수 있을 뿐만 아니라 삶의 속도를 늦추고 순간을 음미함으로써 마음이 차분해진다. 번잡한 도시에서도 식물을 관찰하다 보면 틈틈이 평온한 일상을 만들어갈 수 있다. 식물은 행복을 찾아가는 기나긴 여정에서 좋은 동지가 되어준다. 우리는 그저 자연을 마음에 담겠다고 결심만 하면 된다.

나는 매일 아침 이런 결심을 하고 산책을 나간다. 산책을 나갈 때마다 어느 식물과 마주치는데, 바로 선홍색 잎줄기에 우상복엽이 커다란 녹색 깃털처럼 퍼져 있는 대가지붉나무다. 이 대가지붉나무는 끈덕진 식물이다. 내가 그렇게 생각하는 이유는 콘크리트 보도의 갈라진 틈새에 뿌리를 박고 있기 때문이다. 담에서부터 45도 각도로 바깥을 향해 자라는 이 관목은 어찌 된 일인지 이런 척박한 공간에서 몇 년간 쑥쑥 자라나, 지난 생장기에는 키가 거의 2.1미터에 이르렀다. 이 나무가 이 틈새를 발견하고 정복한 것은 운일 수도 있고 굳은 의지 덕분일 수도 있다. 아니면 양쪽 모두 조금씩 작용한 것인지도 모른다. 위치로 볼 때 비둘기나 혹은 다른 야생 조류가 이 나무의 붉은색 열매를 배불리 먹은 뒤 건물 벽 쪽에 변을 보면서 거름을 준 것이 아닐까 하는 생각이 든다. 종종 식물의 씨앗은 아무런 손상도 받지 않고 새나 짐승의 소화기 계통을 통과한다. 이런 과정을 거쳐 식물은 어미 나무와 떨어진 곳으로 이동할 수도 있고, 생장에 유리한 풍부하고 비옥한 배지(이 경우에는 새 똥)도 얻을 수 있다.

나는 뿌리에서 뻗어 근맹아로 번식하는 이 군락형 식물이 어떻게 홀로 살아가게 되었는지 궁금했다. 자연 그대로 두면 번식이 일어나는 데 수년은 걸렸을 것이다. 구불구불한 땅속뿌리가 천천히 콘크리트 보도의 틈을 넓히면서 새로운 생장물을 올려 보내거나, 겨울 영감이 얼음장 같은 손가락을 콘크리트 밑으로 쑤셔 넣어 뿌리를 감싸고 있는 거친 회색 대들보를 찢어버릴 때까지 기다려야 했을 것이다. 그것도 아니면 우연히 뿌리 내린 곳이 콘크리트라는 운명에 순응한 채 홀로 살아가게 되었는지도 모른다(인간과 달리 식물은 기후나 터전, 사회적 상황이 마음에 들지 않는다고 해서 뿌리를 끌어올려 이동할 수 없다. 그냥 심긴 자리에서 죽거나 살아야 한다. 또한 자손을 이주시키려면 종자나 포자에 의존해야만 한다. 아니면 외부의 간섭이 더해지기를 기다려야 한다.).

식물을 관찰하다 보면 현재의 순간에 집중할 수 있을 뿐만 아니라 주변의 속도에 개의치 않고 느긋한 마음을 가질 수 있다. 또한 장기적인 시점으로 삶을 바라볼 수 있다. 대가지붉나무를 매일매일 본다면 사실상 변화를 감지할 수 없거나 변화가 느껴지더라도 극히 미미한 정도에 불과하지만 한 계절 또는 몇 년 동안의 변화를 되돌아보면 꽤 뚜렷하고 감동적이다.

매일매일 식물을 관찰하는 연습을 하면 도시에서뿐만 아니라 식물을 마주하는 어디에서나 쉽게 자연을 경험하고 깊이 교감할 수 있다. 내가 대가지붉나무를 두고 했던 것처럼 특정한 식물을 매일매일 관찰하며 여러 가지 이야기를 상상하다 보면 우리 엽록소 친구들에게 연대감과 이웃 의식, 심지어 의무감까지도 느껴질 것이다.

어느 날 나는 대가지붉나무가 있는 곳과 정반대 방향으로 아침 산책을 갔다가 금접과 마주쳤다. 금접은 어머니식물 또는 천손초라는 이름으로 알려져 있는데, 이름에서부터 강한 생명력이 느껴진다. 가뭄과 방치도 꿋꿋이 견뎌내는 천손초는 마다가스카르가 원산지인 다육식물로, 한마디로 타고난 생존자다.

내가 산책하는 길목에서 큰 공사가 진행되면서 그곳에 있던 가정용품점이 폐업한 상태였다. 그런데 가게 안에 커다랗고 위태로울 정도로 마구 뒤엉켜 있는 식물 하나가 햇살이 잘 드는 창문 바깥을 향해 있었다. 나는 걸음을 멈추고 가까이 다가가 그 식물을 자세히 관찰했다. 거의 내 키만 한 통통한 다육식물이 바닥에 놓인 화분에 심긴 채 유리창에 몸을 기대고 있었다. 우리 사이를 가로막은 것은 얇은 창유리 한 장이 전부였지만 그 건물에 들어갈 방법이 없었기 때문에 나는 그냥 가던 길을 갔다. 하지만 그 후로도 계속 그 식물이 눈에 밟혔다.

몇 달이 지난 어느 날, 나는 그 건물 안에 인부 한 사람이 있는 것을 보았다. 갖가지 연장과 먼지, 나무토막이 사방에 흩어져 있었지만, 인내심 강한 천손초는 먼지 낀 화분에서 여전히 생존을 이어가며 변함없이 금욕주의자처럼 서 있었다. 나는 인부에게 화분을 가져가도 될지 물었다. "내일 다시 와보세요." 목소리가 걸걸한 인부가 말했다. "작업감독님이 내일 오시니까 한번 물어보세요."

다음 날 나는 큰 정원용 가위를 들고 다시 그곳을 찾아갔다. 작업감독은 내 물음에 손을 흔들며 대답했다. "좋을 대로 하시구려."

그런데 이 거인 식물을 집으로 옮겨올 방법이 생각나지 않았다. 그래서 잘 자란 줄기들을 골라 자른 후 울퉁불퉁한 삽목용 줄기들을 커다란 봉지에 넣어 집으로 가져왔다. 나는 자른 줄기들을 바닥에 한 줄로 펼쳐놓았다. 자그마치 열다섯 개의 잎줄기에 무수한 새끼들이 달려 있었다. 천손초는 어미의 잎 둘레를 따라 생겨난 새끼들이 떨어져 나와 번식하는 식물이다(이 때문에 "어머니 식물" 또는 "천손초"라는 이름이 붙은 것이다). 줄기가 썩지 않도록 잘린 단면의 상처가 마를 때까지 며칠간 두었다가 줄기들을 거대한 화분에 옮겨 심은 뒤 남향으로 두었다. 이 이야기를 쓰고 있는 지금도 천손초는 내 곁에서 침실의 다른 식물들과 공존하며 잘 자라나고 있다.

식물을 구조하는 일에는 엄청난 보상이 따른다. 아무리 좁은 공간이라도 마음만 먹으면 위기에 처한 식물 몇 그루를 들여놓을 수 있다. 누군가 이사할 때 가져가지 못하고 도로변에 내놓은 식물이 없는지 찾아보자(나는 최근에 이런 식으로 고아가 된 식물을 두 그루 입양했다). 알뜰한 사람들을 위한 공짜 물건이 올라와 있는 크레이그리스트Craigslist 같은 사이트를 뒤져보는 것도 좋다. 안 팔린 식물들을 내다 버리는 대형 상점의 쓰레기통도 뒤져보자. 마켓 계산대 근처에 있는 선반에서 문이 여닫힐 때마다 외풍에 몸을 떠는 덥수룩한 돈나무들 중 하나를 사는 것도 좋은 방법이다. 직장의 파일 수납장 위에서 생기를 잃어가는 허약한 풍접초의 줄기를 잘라 유리병에 흙과 함께 넣어 창가에 둔 후 뿌리를 내리면 걸이용 화분에 친절히 옮겨 심어보는 것도 추천한다. 몇 달 후면 부싯깃 모양 이파리 사이로 햇살이 통과하는 모습을 바라보며 모닝 커피나 차를 마실 수 있을 것이다. 조금만 관심을 가지고 인내심을 발휘하면 식물은 그에 대한 보답으로 좋을 때나 나쁠 때나 한결같이 우리 곁을 지켜준다.

몇 년 전에 좀 힘든 일이 있었는데, 동네를 배회하다가 화원에 들렀어요. 그날은 빈손으로 돌아왔지만 집에 놓을 식물을 사겠다는 생각은 계속 갖고 있었지요. 다음 날 다시 화원에 가서 화분 두 개를 샀어요. 하나는 심홍색 필로덴드론이고 하나는 예쁜 호야였죠. 매일 아침 일어나자마자 그 식물들을 돌봤어요. 얼마 지나지 않아 식물들이 쑥쑥 자라는 게 눈에 보였어요. 그때부터 저 자신에게 다시 집중하게 됐고 세상도 긍정적으로 바라보게 됐어요.

―줄리아

지난가을에 계절성 우울증을 앓았습니다. 웃음과 활기를 되찾을 방법이 필요했죠. 그래서 다육식물을 몇 개 샀는데, 어느새 종자와 잎 번식을 하며 수가 착착 늘어나더군요. 그해 겨울에는 직장과 할머니 집에서 도움이 절실한 실내식물을 가져왔습니다. 방치된 식물을 치료하는 방법도 배웠어요. 마란타와 필레아 문밸리를 어쩌다 다치게 했는데 덕분에 몇 달간의 노력으로 되살릴 수 있었어요. 그 과정에서 저자신도 어느 정도 회복되는 것 같더군요. 식물이 생장하고 번성하도록 돕는 일에는 분명 치료 효과가 있습니다.

―콜 A.

식물이 쑥쑥 자라나는 생장의 계절 내내 나는 일주일에 네 시간씩 지역 커뮤니티 가든에 가서 자원봉사를 했다. 이 일은 내게 정신과 마음, 에너지를 고양시켜주었다. 움직이는 명상이나 다름없었다. 계속 이곳에 오가다가 커뮤니티 회원이 될 수 있는지 물어보았다. 이 정원은 면적이 1000제곱미터 정도로, 도시 기준으로 꽤 큰 편이며, 많은 사람들에게 특히 몇십 년간 이 커뮤니티에서 활동해온 사람들에게는 숨은 보석 같은 곳이다. 가지를 하나하나 잘라주고 흙을 삽으로 일일이 뒤집으면서 한 그루 한 그루 식물을 심다 보면 그 하나하나가 자수를 한 땀 한 땀 놓듯 얼기설기 엮여 마치 태피스트리처럼 조화로운 공동체로 완성된다.

전 동네 커뮤니티 가든에서 임원을 맡고 있어요. 개인적으로 힘든 상황일 때 가입했는데, 손에 흙을 묻히고 식물들을 돌보다 보니 기운이 나더라고요. 정원은 새로운 친구를 사귀기에 좋은 곳이에요. 이곳에서 친구를 몇 명이나 사귀게 되었는지 몰라요.

—크리스티나 콥

충격적인 사건을 겪은 뒤, 식물들과 시간을 보내면서 평온함을 되찾을 수 있었어요. 식물이 서서히 변해가는 모습을 지켜보고 계절에 따라 그때그때 필요한 일을 하면서 느리고 고요한 기쁨을 느꼈죠. 식물을 사랑하는 마음이 커지면서 식물학회에도 가입했는데, 이는 제가 다시 사회에 첫발을 내딛는 순간이었어요. 결국 저는 원예학 과정을 밟게 됐고 세상이 바뀌는 경험을 했죠. 세상이 실망을 안겨줄 때도 식물은 늘 변함없이 놀라움을 선사한답니다. 식물에게 둘러싸여 있을 때 제 마음에는 비로소 희망과 평안함, 고요함이 찾아와요.

—테사 쿰

물론 식물을 마음에 담기까지는 얼마간의 시간이 필요할 수도 있다. 어쩌면 대가지붉나무의 경우처럼 마음을 기울여 관찰해야 할 수도 있다. 식물은 저마다 미묘하게 다른 매력을 가지고 있고 그 변화를 감지하기도 힘들다. 식물은 혼잡한 무도장을 무심하게 훑는 시선이고, 밤의 암막 아래서 이루어지는 두 연인의 밀회이며, 무덥고 고요한 날에 부는 찰나의 산들바람이다.

식물은 아무 움직임도 없이 무반응으로 일관하는, 그저 화소로 이루어진 희미한 녹색 형체처럼 보일 수도 있다. 그러나 앞으로 알게 되겠지만 식물은 결코 움직이지 않는 것이 아니다. 식물은 다채로운 색과 모양, 형태, 신비로움을 우리에게 아낌없이 나눠준다.

○

식물의 변화를 감지하기

1. 일주일이나 이주일, 또는 한 달이나 한 계절 동안 관찰할 식물을 주변에서 골라보자. 보도블록 틈새에 핀 민들레 같은 보잘것없는 식물도 좋고, 창가 화단에 심어놓은 콜레우스, 이웃집 마당에 서 있는 커다란 참나무도 괜찮다. 그 식물이 매일 어떻게 달라지는지 잘 관찰해보자. 잎이 무슨 색인가? 특정한 방향을 가리키고 있는가? 꽃은 핀 상태인가? 한쪽 잎이 더 무성한가?

2. 관찰 결과를 설명해줄 근거들을 떠올려보자. 식물을 관찰하고 나면 왜 그런 상태인지 설명할 만한 이야기를 만들어보자. 예를 들어, 참나무의 한쪽 잎이 더 무성한 것은 오후에 받는 햇빛의 양이 다르기 때문일까, 아니면 전화선을 건드리지 못하게 누군가가 한쪽 나뭇잎을 쳐냈기 때문일까?

3. 시간에 따른 미묘한 변화와 뚜렷한 변화를 적어보자. 하루 동안 나뭇잎의 방향이 달라졌는가? 참나무에 도토리가 열리기 시작했는가? 미묘한 변화와 뚜렷한 변화를 함께 살펴보는 습관은 시간

에 따른 변화를 감지하는 능력을 갈고닦아준다. 연습하다 보면 '내' 식물이 어떤 속도로 살아가고 있는지 자연스럽게 머릿속에 각인될 것이다. 그 속도는 분명 우리가 살아가는 속도와 크게 다를 것이다!

©Homestead Brooklyn

4장

숲에서 나무가
쓰러질 때

우리가 땅을 남용하는 것은 그것을 우리에게 속한 소유물로 여기기 때문이다.
땅을 우리가 속한 공동체라고 여길 때
우리는 사랑과 존경으로 땅을 이용하게 될 것이다.
— 알도 레오폴드 Aldo Leopold

식물을 보고 있으면 우리 모두가 하나로 연결되어 있다는 사실을 떠올리게 돼요.
제 삶이 생명의 시초에서 이어진 긴 연장선에서 왔다는 것을,
그리고 머나먼 선조들을 거쳐 제가 지금 이곳에 있는 것이라면
저 역시 괜찮으리라는 것을 기억하게 되죠.
— 에릭 Eric @aroiddaddy

식물의 관점에서
세상을 바라보기

내게는 우리가 환경에 어떤 영향을 미치고 그 환경이 거꾸로 우리에게 어떤 영향을 미치는지 깨달을 수 있었던 계기가 있었다. 바로 학창 시절 고향 근처에 있는 탄광 부지를 복원할 때였다. 내게 주어진 임무는 식물들이 다시 자라나 건강한 생태계를 회복할 수 있도록 조각난 풍경들을 끼워 맞추는 것이었다. 그중에서도 그래시 아일랜드 크리크를 복구하기 위한 식목 계획을 세우는 일은 내게 주어진 일 중 가장 중요한 것으로 환경에 눈을 뜨게 해주었다.

그래시 아일랜드 크리크는 탄광 산업으로 황폐화된 많은 사례 중 하나로, 우리 고향에서 흔히 볼 수 있는 광경이었다. 탄광 부지를 복원하는 것은 결코 쉬운 일이 아니었다. 그곳에는 땅에서 자라나는 것이 거의 없었다. 기껏해야 울퉁불퉁한 암반을 뚫고 나온 가냘픈 자작나무가 이따금 보일 뿐이었다. 이 밖에 지팡이처럼 생긴 줄기와 빠른 생장 때문에 "일본 대나무"라는 별명이 붙은 침습성 호장근이 몇 군데서 빽빽한 덤불을 이루고 있었다. 그것 외에는 완전한 폐허였다. 용해된 상태로 대지에 떨어진 뒤 굳어진 것처럼 보이는 검은 돌들이 산처럼 쌓여 있을 뿐이었다. 나는 탄광 부지에서 당시 광부들이 했던 일을 원래대로 되돌릴 방법을 궁리했다. 수직 갱도에서 잠자는 용이 내뿜는 뜨거운 입김처럼 한 줄기 수증기가 뿌옇게 올라왔다. 수직 갱도는 지표면에 난 검은 상처 딱지처럼 보였다.

무연탄 채굴 사업으로 펜실베이니아의 삼림이 대부분 벌목되면서 이곳의 풍경은 완전히 바뀌었다. 우리 증조할아버지는 열여덟 살의 어린 나이 때부터 15년 넘게 광산에서 석탄 캐는 일을 했다. 어렸을 때 나는 호기심이 많지 않아서 증조할아버지께 그때 일에 대해 물어볼 생각을 하지 못했다. 그 시절 이야기는 대부분 할머니께 들었다. 증조할아버지가 노년에 건강이 악화되자 할머니는 증조할아버지의 삶을 한 조각이라도 기억해두기 위해 증조할아버지에게 젊었을 때 일했던 곳을 모두 적게 했다. 나는 거의 20년 전 할머니가 성경책에 가지런히 끼워 놓은 습자지에서 그 내용을 발견했다. 곰곰이 생각하면서 적은 흔적이 역력한 증조할아버지의 필체를 천천히 따라갔다. 증조할아버지의 표현은 솔직하면서도 날카롭고 꾸밈없었다. 자신의 고단했던 삶을 불평하는 흔적은 찾아볼 수 없었다. 그분의 살아생전 성정이 그대로 드러났다.

맨 처음 광산 일을 한 곳은 딕슨이었다. 그곳에서 5년간 일한 뒤 올리펀트의 마일스 슬로프를 거쳐 스크랜턴에 있는 로저스 탄광으로 갔다. 그 후 에디 크리크로 가서 올리펀트에 있는 허드슨 광산 회사 소속으로 일했다. 그다음은 스웨이더 광산이었다.

증조할아버지는 자신의 처지를 결코 불평하지 않았지만 그렇다고 해서 광산 일이 호락호락했던 것은 아니다. 겨울철에는 땀과 눈에 젖은 채 터덜터덜 집까지 걸어와야 했다. 집에 도착할 때쯤에는 옷이 뻣뻣하게 얼어 있었다. 증조할머니와 결혼하고 몇 년 뒤, 쉬지 않고 석탄을 캐낸 대가는 땅과 공기뿐만 아니라 증조할아버지의 폐에도 흔적을 남겼다. 석탄을 땅속에 그대로 묻어두었더라면 대지는 물론 우리 인간에게도 훨씬 더 좋았을 것이라는 사실을 알려주는 증거가 아닐 수 없다.

내가 태어난 북동부 카운티 지역에서는 현재 석탄 채굴 사업을 그만둔 상태인데, 1959년 엑서터와 피츠턴의 녹스 광산에 닥친 재해가 주원인이었다. 서스쿼해나 강물이 밑에 뚫린 갱도 안으로 밀려 들어오면서 광부 열두 명이 죽는 사고가 일어났다. 지하 폭포로 변한 갱도를 틀어막기 위해 석탄 운반차들이 강바닥의 뻥 뚫린 구멍 입구로 달려갔다. 도대체 땅속에 얼마나 많은 터널을 파놓았기에 그 어마어마한 양의 강물이 땅으로 꺼져버린 것일까? 흑마술이 아니고서야 가능하기나 한 일인가? 1959년 무렵에 석탄 산업은 과도한 벌목과 전쟁, 철도로 인해 이미 쇠퇴의 길을 걷고 있었지만, 심부 채광 산업이 몰락하는 데 결정타를 날린 것은 바로 이 녹스 광산 사고였다.

유감스럽게도 인간은 마지막 순간까지 일을 미루는 존재다. 건강에 적신호가 온 뒤에야 식단 관리 또는 체력 단련을 시작하고 신경쇠약을 겪고 나서야 스트레스가 많은 직장을 그만두는 것처럼, 재앙이 닥치고 나서야 비로소 원래 계획을 중단하거나 적어도 바꿔야 한다는 생각을 하게 된다. 현재는 수천 미터 땅속에 있는 마셀러스셰일 지층에서 3억 8000만 년 된 천연가스층을 수압 파쇄, 즉 '프래킹 fracking'하는 것이 석탄 채굴보다 유행하고 있다. 수압 파쇄는 물과 유독성 화학 제품을 고압으로 분사해 땅에 균열을 냄으로써 식물과 기타 유기물의 오래된 잔해인 석유와 가스를 분리해내는 공법이다.

뜨거운 햇살 아래 그래시 아일랜드 크리크 부지를 탐험하던 나는 허리를 굽히고 잿빛으로 변한 돌멩이를 하나 집어들었다. 우리가 가장 먼저 해야 할 일은 뿌리가 자랄 수 있는 토양을 만드는 것이었다. 그러려면 흙을 아주 많이 가져와야 했다. 또한 고산성 토양을 중화하기 위해 석회도 수북이 뿌려야 했다. 대부분의 식물 또는 생물은 이곳 같은 가혹한 환경에서 살기 힘들기 때문이다.

마지막으로, 이곳을 원래대로 복원하기 위해서는 땅과 강을 더 자연스러운 형태로 만들어야 했다(강은 석탄이 매장된 곳에 최대한 가깝게 접근할 수 있도록 물길을 바꿔놓은 상태였다. 다시 말해, 강물이 커다란 시멘트 홈통으로 빨려 들어가 자연스러운 흐름이 크게 방해됐다). 강을 '재설계'하기 위해 하천 지형학자가 영입됐다. 그는 풍경 외과의사처럼 물길 모양을 조각해 강을 해부학적으로 정확하게 복원해냈다. 또한 급류와 자연 유로를 더 해 조류와 수생 곤충, 궁극적으로 물고기가 서식할 공간을 조성했다. 일단 토양과 식물만 잘 갖춰지면 이론상 나머지는 저절로 해결될 터였다.

다음 계획은 나무를 심는 것이었다. 가장 알맞은 수종과 처음에 심을 나무 수, 나무를 심을 곳과 나무 간의 간격 등을 결정하는 게 바로 내 일이었다. 나는 당연히 자생 수종을 골랐고(탄광 같은 불모지에 심을 목적으로 개량된 관목 버들의 재배종은 예외였다), 여러 가지 수종을 골고루 섞고자 했다. 야생동물을 유인하기 위해 채진목, 캐나다박태기, 산딸나무 등 열매를 맺는 품종을 골랐고, 토양의 회복을 돕기 위해 오리나무, 아까시나무 등 질소고정을 하는 수종을 선택했다. 뿐만 아니라 서양물푸레나무, 참나무, 단풍나무를 더해 다양한 식물이 자연스럽게 조화를 이루도록 했다. 이렇게 하면 다른 식물들이 뿌리내리기 전에 열매가 풍부한 종(아까시나무)이나 침습성 종(호장근)이 쉽게 터를 잡을 수 있기 때문이다.

우리는 씨앗도 뿌렸다. 대표적인 식물로 질소고정 세균인 뿌리혹박테리아를 접종한 벌노랑이(흔히 찾아볼 수 있는 내건성 분지형 콩과 식물로, 잎이 세 개의 엽으로 되어 있고 아름다운 선홍색 덧꽃부리를 갖고 있다), 질소고정을 하는 토끼풀, 천천히 자라는 여러 종의 목초를 심었다. 이렇게 토양의 생식력을 높이고 부식을 늦추며 묘목이 살아남을 여지와 조건을 개선하면 토질을 되살릴 수 있을 게 분명했다.

0.6헥타르 면적의 그래시 아일랜드 크리크는 몇 주 동안 탈바꿈하는 것처럼 보였다. 하지만 이 같은 성공은 오래가지 못했다. 1년 뒤 폭풍이 이 일대를 휩쓸었을 때 이곳에는 자연 방풍림 역할을 하고 침식과 홍수를 조절해줄 오래된 숲과 미생물, 뿌리, 토양, 지피식물이 전혀 없었다. 탄광으로 큰 피해를 입지 않은 지역만 무사했을 뿐이다.

파괴된 환경을 복구하는 데는 자연을 파괴하는 것보다 훨씬 더 오랜 시간이 걸린다. 자연을 살리겠다는 마음으로 최선의 노력을 쏟아붓고 많은 자원을 투입했지만, 우리는 대자연의 생태계를 조금도 복원할 수 없었다. 생태계는 겨우 예닐곱 세대가 아닌 수천 년에 걸쳐 만들어진 기적의 산물이기 때문이다.

이 경험을 통해 한 가지를 확실하게 배웠다. 자연에 더없이 좋은 어머니는 대자연 자신이라는 것이다. 무언가를 없애거나 추출하거나 파괴할 때 우리는 먼저 스스로에게 물어야 한다. 앞으로 몇 년이 될지 모르지만 이 풍경에 발을 디디고 그 대리인이 될 준비가 되어 있는가? 앞으로도 계속 수천 년간 땅속에 압착돼 있던 식물들을 남용하고 필사적으로 연료를 태워 산성비를 내리게 하며 사용하지 않는 잔여물을 아무데나 버려 몇백 년 동안 아무것도 자랄 수 없는 피폐한 땅으로 만들 것인가? 아니면 과거에서 교훈을 얻고 우리를 자연의 일부분으로 인정하고 자연에서 배울 것은 없는지 자문할 것인가?

올바른 선택을 통해 우리는 더 건강한 생태계를 만들 수 있다. 또한 바람직한 계획과 개입으로 우리 공동체를 더 건강하고 살기 좋은 곳으로 만들 수 있고, 더 고요하고 매력적인 집을 만들 수도 있다. 방법은 간단하다. 그저 자연에 의지하면 된다. 자연에 귀를 기울이고 자연의 방식을 관찰하며 우리 능력이 닿는 데까지 자연을 모방하면 된다. 그렇게 할 때 우리는 무수히 많은 것을 얻게 될 것이다.

3장에서 언급한 식물맹은 자연이 주는 혜택을 경험하지 못하도록 가로막는 심각한 문제를 초래한다. 자연이 존재감을 드러내지 못하고 무시되고 남용되는 것은 우리, 특히 도시에 사는 사람들이 자연을 상품 가치로 평가하기 때문이다. 이런 분위기 속에서 자연은 본연의 상태를 잃고 시장에 내놓는 소비 문화의 대상으로 전락하고 만다.

이번 장에서는 현대 소비주의의 굴레를 뛰어넘어 점차 줄어드는 자연의 풍요로움에 우리가 얼마나 큰 신세를 지고 있는지, 그리고 화분에 심은 브로멜리아드와 겨울에 흔히 구입하는 포인세티아 말고도 얼마나 많은 식물이 우리 주변에 존재하는지 알아보는 시간을 가져볼 것이다. 식물은 우리가 사용하는 언어에 깃들어 있을 만큼 우리 삶에서 큰 부분을 차지한다. 이번 장에서는 식물의 관점에서 세상을 바라보는 것을 과감히 권하고 싶다.

자연은 자원 그 이상이다

캐나다 브리티시컬럼비아주에 있는 그레이트베어 우림지대는 일명 "중부 해안의 목재 공급 지대"로 알려져 있었다. 대부분의 지역에 배로만 접근할 수 있는 이 광활한 대지에선 책과 잡지 같은 종이 제품을 만드는 데 쓰이는 펄프를 생산하기 위해 수많은 나무가 베어져 나갔다. 지금 여러분이 읽고 있는 이 책도 그런 펄프 제품 중 하나다. 이런 이유로 이 광활한 황무지는 사람들에게 벌목 지대라는 인상이 강했다.

　이 우림지대를 여행할 수 있는 흔치 않은 기회가 생겼다. 이 유람의 목적은 그레이트베어 우림지대에 대한 인식을 제고하고 기금을 모금하는 것이었다. 이 지역을 보호하기 위해 현지 및 국제 자연 보존 기관들과 퍼스트 네이션First Nation(캐나다 원주민 단체-옮긴이) 원주민들이 모여 한 팀을 구성했다. 우리가 여행할 당시, 이곳의 자연 보존 및 인간의 행복을 증진하기 위한 5개년 계획으로 노숙림 280만 헥타르를 우선적으로 엄격히 보호한다는 발표가 있었다. 오늘날 그레이트베어 우림지대는 세계에서 가장 크고 광활한 해안 온대우림으로 밴쿠버섬 북단부터 알래스카 국경지대에 이르기까지 610만 헥타르의 면적이 다양한 형태로 보존과 관리, 보호를 받고 있다. 우리가 상상할 수 없을 정도로 드넓은 공간이지만 하지만 온대우림은 지구 땅덩어리의 1퍼센트도 채 되지 않기 때문에 희소성이 큰 곳이다.

이 지역은 대부분 태평양 연안에 접해 있고 일부는 수없이 많은 섬으로 점점이 흩어져 있는 까닭에, 열네 명으로 이뤄진 우리 팀은 2주 동안 배 위에서 살다시피 하며 이곳을 구석구석 둘러볼 예정이었다. 우리는 브리티시컬럼비아주 캠벨섬에 있는 그림 같은 해안 도시이자 헤일척 퍼스트 네이션의 터전인 벨라벨라에서 출발해 북쪽의 프린세스 로열섬으로 향했다.

뱃머리가 만의 차가운 강철빛 수면을 갈랐다. 가느다란 빗줄기가 피부에 부드럽게 닿았다. 수분을 잔뜩 머금은 대기는 젖빛 유리로 세상을 보는 듯한 효과를 연출했다. 주변으로 아찔한 높이를 자랑하는 험준한 절벽들이 자욱한 안개 사이로 모습을 드러냈다. 바다에서 만들어진 안개는 공기 중을 떠다니다가 차가운 수면과 지면 위에서 응결했고, 만 위에서 수 킬로미터를 이리저리 헤매다가 천상의 양 무리처럼 암벽 수풀에 안착했다. 연필향나무와 시트카가문비나무가 섞여 있는 나무 무리(어떤 것은 수령이 최대 1000살에 이르렀다)가 급경사면에 뿌리를 박고 보초병들처럼 서로 어깨를 맞댄 채 하늘 높이 솟구쳐 있었다.

선장이 좌현 방향에서 폭포들이 모여 있는 장소를 발견했다. 모터 소리 너머로 커다란 폭포들이 내는 둔탁한 포효 소리가 들렸다. 선장이 배를 댔다. 얼음장 같은 물거품이 얼굴에 느껴질 만큼 폭포와 가까운 위치였다. 선미에 서자 폭포수가 내는 우렁찬 소리가 온몸에 울려 퍼졌다. 우리가 내지르는 즐거운 비명은 우레 같은 엄청난 소리에 묻혀버렸다. 지금껏 많은 시간을 자연에서 보내면서 가슴이 멎을 듯한 경치를 수없이 봐왔지만, 이토록 큰 위압감을 느낀 것은 처음이었다. 나라는 존재가 왜소하고 보잘것없게 느껴졌다.

우리 여정에는 꼭꼭 숨어 있는 모래사장도 포함돼 있었다. 문화 가이드인 더글러스 니슬로스가 우리에게 모자를 벗어달라고 양해를 구했다. 키타수 퍼스트 네이션 출신인 그는 체격이 좋은 멋진 남자로, 이목구비가 뚜렷하고 군인처럼 머리카락이 짧았다. 그가 안내하는 지역은 신성한 곳으로 외부인에게는 잘 알려져 있지 않았다. 우리는 육중한 나무 두 그루가 나올 때까지 계속 숲속을 걸었다. 각각 지름이 1.2미터, 높이가 30.5미터에 이르는 두 나무 모두 벌목되어 수평으로 눕혀져 있었다. 두 나무는 서로 멀찍이 떨어진 채 평행을 이루고 있었는데, 높이가 최소 3미터 정도인 튼튼한 나무 기둥 네 개에 올려져 있었다. 가까이 다가가자 두 나무 아래쪽으로 숲 바닥을 파내 만든 사각형 모양의 움푹 파인 공간이 보였다. 온갖 종류의 양치식물이 점령한 그 '무대'는 사면이 모두 길고 외야석 같은 모양이어서 전체적으로 이끼에 덮인 원형극장처럼 보였다. 숲에 사는 나무 요정과 공기 요정들을 위해 마련된 신비로운 공연 무대 같다는 생각이 들었다.

수천 년 동안 이곳에서는 여러 퍼스트 네이션 부족들이 모여서 결속을 다지는 신성한 의식인 '포틀래치potlatch'가 개최됐다. 가이드의 설명에 따르면 캐나다 정부가 원주민들을 동화시키고 그들 고유의 문화를 말살하기 위한 전략으로 1884년부터 1951년까지 포틀래치를 금지하자 이곳에서 비밀리에 행사가 열리기 시작했다. 우리가 서 있는 바로 이 자리가 더글러스와 그의 부족에게는 신성한 공간이자 터전이고 저항의 상징적 장소였던 것이다.

배로 돌아오는 길에 우리는 몇 백 살은 돼 보이는 벌목한 나무 더미에 다리를 올려놓고 숨을 돌렸다. 어떤 나무는 70명이 넘는 사람이 나란히 앉아도 될 만큼 길었다. 나는 며칠 만에 처음으로 신발과 젖은 양말을 벗고 쪼글쪼글해진 발가락에 햇볕을 쐬었다. 철썩이는 바닷물의 소금기와 해초 냄새가 희미하게 공기 중을 떠돌았다. 그레이트베어 우림지대 프로젝트의 설계자 중 한 명이자 민간 자선단체 타이즈 캐나다의 회장인 로스 맥밀런은 우리가 앉아 있는 이 나무들이 불법으로 벌목됐다고 알려주었다. 이 지역이 갖는 민감성과 신성성을 고려해 더 이상의 침해를 막기 위한 조치가 즉각 취해졌다.

"최근에 여기처럼 나무들이 벌목되는 지역을 방문한 적이 있어요. 커다란 나무 옆구리에 붉은색 스프레이로 일본어가 적혀 있더군요." 일행 중 한 명이 조용히 말했다.

그 나무들이 어디로 가는지 궁금해진 그는 벌목꾼에게 다가가 답을 아는지 물었다. "그럼요. 일본으로 건너가 나무젓가락이 될 겁니다!"

몇 시간 동안 안개 낀 바다 위를 이동하면서 천지를 울리는 폭포들과 높이 솟은 절벽들을 지나치다가 이 황홀한 장소에 이르러 장대한 통나무 위에 앉아 휴식을 취했다. 그런데 이 풍경 전체가 고작 일회용 나무젓가락으로 바뀔 수 있다는 생각이 들자 몸서리가 쳐졌다. 이 나무들은 일회용이 아니다. 자연은 뿌리가 있든 없든 자신에게서 나온 것은 무엇이든 재활용한다. 반면 우리 사회는 수백 년 넘는 세월 동안 긴밀하게 교류하던 자연과 멀어지면서 자연의 끝없는 순환을 방해하고 있다. 그 결과, 우리의 생산품과 행동이 수천 년간 유지돼온 자연의 변천과 잠재력을 어떻게 침범하고 돌이킬 수 없게 망가뜨리는지조차 볼 수 없게 됐다. 우리가 계속 아무 생각 없이 자연을 괴롭힌다면 이런 장소를 되살릴 기회와 가능성, 동기는 점점 줄어들 것이다.

이 악순환을 끊을 수 있는 방법은 무엇일까? 자연의 생산물을 경솔하게 사용하기보다는 자연과 더 깊이 교감하기 위해 관심을 기울이고 그럴 만한 공간과 시간을 마련한다면 우리는 자연과 자연이 주는 혜택에 다시 다가갈 수 있을 것이다. 이런 연습을 거듭할수록 자연과 우리의 관계는 더욱 깊어질 것이다.

1700년대에 영국성공회 주교이자 철학자인 조지 버클리는 '유심론'을 제시했다. 이 이론을 한마디로 요약하면 실질적인 물리적 대상은 없고 그 대상에 대한 인지만 있다는 믿음이다. 유구한 세월이 흘러 이런 생각은 오늘날 흔히 들을 수 있는 하나의 도발적인 의심으로 진화(내지는 통합)했다. "숲에서 나무가 쓰러졌는데 아무도 그 소리를 들은 사람이 없다면 그 나무는 소리를 낸 것일까?"

나는 이보다 훨씬 더 형이상학적인 질문을 던지고 싶다. "나무는 숲에서 쓰러져도 여전히 나무일까?" 나무는 뿌리에서 잘려 나오는 순간 '나무다움'을 잃는 것일까? 아니면 나무를 좀먹는 천공충과 균류의 배를 불리고 결국 찌꺼기 같은 흔적만 남을 때까지 계속 나무인 것일까? 이 질문에 답하기 위해서는 번개를 맞고 쓰러졌거나 반으로 쪼개졌거나 톱질에 밑동이 잘린 나무에서도 때때로 새 생명이 돋아난다는 사실을 기억해야 한다. 이 과정에서 나무는 대개 주변 나무들과 균근 및 미생물 네트워크의 도움을 받아 다치지 않은 뿌리를 통해 영양분을 실어 나르고, 그럼으로써 자신의 생명뿐만 아니라 생태계 전체를 보전한다. 그 시작은 보잘것없는 새싹이나 가지에 불과하지만 얼마간 시간이 흐르면 그 자리에 새로운 나무가 자라난다.

단 하나의 나뭇가지 또는 잎 한 장에서도 새 생명을 틔워내는 나무와 식물은 수없이 많다. 우리 할머니 댁 근처에서도 자라고 있는 버드나무 역시 그렇다. 몇 년간 베어도 보고 없애도 봤지만 버드나무는 단하나 남은 가지에서도 생명을 이어갈 방법을 찾아냈다. 실내식물을 키우는 사람들은 어느 식물이 다른 식물보다 더 쉽게 뿌리를 내리는지 안다. 세둠, 그랍토세둠, 그랍토페탈룸 같은 일부 다육식물은 줄기 밑부분에서 깔끔하게 잘라낸 잎 한 장만 있으면 그 잎에서 뿌리가 나와 새로운 다육식물이 된다. 게다가 대부분의 칼랑고에와 금접은 잎 둘레를 따라 엄청난 수의 새끼 잎이 달리는데, 이 새끼 잎들은 몸을 눕힐 적절한 토양 매질체만 찾으면 생존에 필요한 모든 준비를 갖춘 채 낙하산 부대원처럼 잎에서 떨어져 나간다. 식물을 길러본 사람들은 다 알겠지만, 토양 매개체를 빼놓고 원예를 논할 순 없다.

쓰러진 나무가 싹을 틔우지 않고 그대로 부패한다면 어떨까? 이제 그것은 죽은 것이므로 더는 나무가 아닌 것일까? 나무가 잘릴 때 그 씨앗이 숲 지붕에 그대로 남았다면 어떨까? 도토리가 달려 있는 참나무가 쓰러졌다고 가정해보자. 각각의 도토리에는 완전히 새로운 나무를 만들어낼 수 있는 모든 정보가 담겨 있다. 따라서 단 한 개의 도토리만 남아 있어도 참나무가 쓰러진 자리에서 새로운 참나무가 자라날 수 있다. 시간과 적절한 조건만 갖춰진다면, '죽은' 나무 한 그루에서 나온 수많은 도토리가 어엿한 참나무 숲을 일궈낼 수 있는 것이다.

여기까지 생각이 닿으면 이런 의문이 든다. 나무가 나무가 아니게 되는 순간은 언제일까? 나무가 '나무다움'을 잃는 것은 톱이 들어오는 순간일까? 아니면 흠잡을 데 없는 목재로 만든 나무젓가락이 점심 시간에 잠깐 쓰였다가 무심코 버려질 때일까? 우리에게 나무가 더 이상 나무가 아니라고 말할 자격이 있을까?

살아 있는 존재의 삶, 다시 말해 그 존재의 모든 것을 이해하려면 우리는 그 존재의 '죽음' 이후의 삶, 그리고 그 과정에서 우리가 하는 역할을 생각해봐야 한다. 우리가 무언가를 만들고 어떤 행동을 할 때 자연과의 연관성을 떠올리게 된다면 우리와 자연의 삶은 그 거리가 생각보다 훨씬 더 가깝다는 것을 알게 될 것이다. 어떤 의미에서는 수천 킬로미터 떨어진 숲에서 나무가 쓰러지는 소리도 들을 수 있게 될 것이고, 자연이 매일 아낌없이 우리에게 모든 것을 주고 있다는 사실도 깨닫게 될 것이다. 그렇다면 우리는 자연에게 무엇을 돌려주고 있는가?

지금 주변을 한번 둘러보라. 나무로 만든 마룻장, 탁자, 의자, 액자,

격자 구조물, 선반, 보석 상자, 문틀과 문짝은 모두 한때 뿌리로 흙과 돌을 헤쳐 나가고 태양을 향해 충실하게 가지와 나뭇잎을 들어 올리던 나무였다. 우리가 밤에 덮고 자는 면 이불은 식물을 가공한 결과물이다. 미국, 중국, 인도 등 10여 개가 넘는 나라에서 목화의 솜털 꼬투리를 수확해 소모기로 빗질하고 실을 자아내 직물로 만든 뒤 디자인한다. 심지어 우리가 입는 폴리에스테르 셔츠와 자동차에 동력을 제공하고 집의 난방을 책임지는 연료도 지표면 밑에 묻혀 있던 고대 조류^{藻類}의 무덤에서 나왔다. 단열재와 타이어를 만드는 등 쓰임새가 다양한 고무의 원료는 인도, 타이, 인도네시아, 베트남산 고무나무다. 주로 속옷에 많이 쓰이는 인조견은 캐나다, 유럽, 아시아 산림에서 생산되는 펄프에서 추출된다. 우리 피부를 맑고 부드럽게 해주는 로션과 연고, 크림, 오일은 식물의 특정 화학 성분을 추출하거나 어떤 식으로든 합성한 것이다.

그뿐만이 아니다. 아침에 활력을 제공하는 커피, 밤에 마음을 달래주는 차, 긴장을 풀기 위해 마시는 와인이나 맥주 역시 식물에 바탕을 둔다. 사탕류와 비누, 그리고 레스토랑에서 빵을 적셔 먹는 오일은 목화씨, 야자, 올리브 등을 압착해 만든 것이다. 사과, 통보리, 줄풀, 서양호

박 등 영양가가 풍부한 음식은 물론, 영양가는 없지만 입을 즐겁게 해주는 음식(예를 들면, 고가당 옥수수 시럽) 또한 식물을 기반으로 한다. 고기라면 사족을 못 쓰는 육식 마니아라도 간접적으로 식물을 섭취한다. 가축을 방목하거나 사육할 때 먹이는 것이 목초나 곡물 아닌가? 우리의 입에 들어가는 것이 곧 우리의 몸을 결정한다. 그러므로 우리는 우리가 먹는 대상이 무엇을 먹는지도 생각해야 한다.

이것은 단순한 생각 연습이 아니다. 우리가 자원이라 여기는 것을 자연의 몸체로 다시 바라보는 법을 배우는 과정이다. 석탄을 예로 들어보자. 우리는 석탄 같은 자원을 더 이상 식물로 여기지 않는다. 대신 환원된 경제학 용어, 즉 자동차에 동력을 제공하고 집을 따뜻하게 해주는 '화석 연료'로 인식하도록 교육받는다. 하지만 석탄은 형태만 변질된 식물로, 압력과 시간에 의해 분자 교환이 일어나면서 광물로 변한 것일 뿐이다. 석탄은 개별로서, 그리고 더 큰 공동체의 일원으로서 이야기를 간직한 생명체다.

우리가 시계나 컴퓨터, 비디오 게임 콘솔을 작동시키기 위해 수백만 년 동안 분해된 생명체를 추출해서 태운다고 생각하면 좀 이상하지 않은가? 더군다나 지금 여기 우리 눈앞에 살아 있는 모든 식물은 지구상에서 가장 깨끗하고 신뢰할 만한 에너지 형태인 태양 에너지를 이용해 살아가는 법을 터득했다. 식물이 수백만 년 동안 축적해온 지식은 우리에게 큰 배움의 창고가 될 수 있다.

다른 한편으로, 우리는 화석화된 식물의 유해를 신성한 대상으로 보는 세계관을 갖고 있기도 하다. 이런 시각을 바탕으로, 3억 5000만 년 된 무연탄 덩어리(오래전에 죽은 식물과 동물의 유해로 탄소가 풍부하다)는 에너지 자원이 아니라 박물관에 전시할 대상으로 여긴다. 이 같은 관점에서 보면 수압 파쇄법은 너무 공격적이고 파괴적이라 도저히 이해할 수 없는 수단으로 보인다.

식물은 자신이 처한 환경에 순응하며 우리를 도와줄 뿐, 우리의 도움을 필요로 하지 않는다. 게다가 일처리가 무척 능숙하고 조용하고 우아해서 그 비범한 능력이 거의 눈에 띄지 않는 탓에 우리는 이것을 너무 당연하게 여긴다. 식물을 심미성이나 유용성으로만 인식하지 않고 그 세계에 직접 들어가 그 안에 담긴 억겁의 자연 '지식'을 해독하려고 할 때 우리는 식물을 완전히 다른 관점에서 바라볼 수 있다. 다시 말해, 식물이 우리를 위해 무슨 일을 하고 어떤 것을 가르쳐줄 수 있는지 인지하게 될 것이다.

전 고등학교 교사예요. 수업 중 농업과 원예를 가르치는 시간을 따로 마련해봤는데, 그 과정에서 학생들의 행동이 크게 변화했답니다. 식물과 자연이 인간에게 얼마나 유익하고 중요한지 알리는 일은 정말 즐거워요.

―존 소티리아디스

저는 식물의 시든 잎을 떼어내면서 모든 존재에 끝이 있다는 것, 죽음이 우주 만물의 공통된 운명이라는 사실을 떠올려요. 히비스커스 꽃이 단 하루 피어 있다고 해도 그 꽃은 자신의 목적을 달성한 거예요.

이렇게 식물의 끝을 받아들이는 연습을 하면서 저는 절친한 친구의 죽음도 받아들일 수 있었습니다. 끝이 있기에 또 다른 시작도 있는 거예요.

―세라 솔란지

옥외에 식물을 뒀더니 다양한 새와 야생 동물이 찾아오더라고요. 그걸 보고 있으면 제가 가꾼 정원이 주변을 아름

답게 만들었다는 생각에 기분이 좋아져요. 제가 쉴 수 있는
공간도 되지만 다른 동물들도 즐길 수 있는 공간이 된 거니
까요.

—피아

중요한 것은 완벽함이 아니라 온전함이다

직관에 어긋난 주장처럼 보이지만, 식물의 삶은 여러 가지 면에서 우리
보다 복잡하다. 모잠비크 메짐바이트 숲 센터의 창설자인 앨런 슈바르
츠와 식물의 사후에 대해 이야기를 나눈 적이 있다.

"인간은 죽으면 화장되거나 땅에 묻히죠. 흙 속에서 썩어 없어지는
겁니다. 물론 자녀가 우리의 DNA를 70년 정도 연장해주기는 하지요.
하지만 나무는……" 앨런은 그동안 자신이 심고 구조하고 베어낸 나무
들을 하나씩 마음속에 떠올려보는 듯 잠시 숨을 고르더니 말을 이어갔
다. "일부는 분해되어 다른 야생생물의 먹이가 되고, 일부는 많은 씨앗
을 생산해 생명을 계속 이어가고, 또 일부는 오랫동안 변치 않는 목재

가 되죠."

나는 모잠비크 베이라 외각에 위치한 앨런의 숲 센터를 찾았다. 건축가이자 장인 기능공인 앨런은 남아프리카공화국의 고향 숲에서 나무들이 무자비하게 벌목되어 해외로 운송되는 모습을 보고 산림 보호 활동가가 됐다. 언젠가 모잠비크의 풍부한 천연자원을 언급하면서 그는 이렇게 말했다. "모잠비크는 풍요로운 땅을 가지고 있습니다. 가난할 이유가 없지요." 그는 삼림이 무차별적으로 파괴되는 근본적인 원인은 가난에 있다는 이론을 세운 뒤 자신이 가장 잘 아는 방법, 즉 목공으로 이를 바로잡기 위해 발 벗고 나섰다.

모잠비크 내전이 끝난 직후, 앨런은 소팔라주에서 99년 토지 임대권을 획득한 뒤 산림 보호 및 목세공 전문소를 세워 목재를 잘 다루는 것은 물론 산림을 복구해 그 땅과 상처받은 사람들을 치유할 장인들을 길러내고자 했다.

"숲이나 들에서 나는 생산물은 코코넛 오일이든, 참깨든, 나무판자든 모두 그 산지의 여운이 남아 있습니다. 그 산물의 특성을 존중하고 땅을 잘 관리한다면 특히 그렇죠." 앨런의 말이다.

앨런의 생산물에서는 그의 세심한 손길이 느껴진다. 주로 현지 시장에서 팔리는 농산물은 최대한 온전한 상태를 유지한다. 심지어 오일도 효소가 변질되지 않도록 조심스럽게 압착해 식물의 영양 성분을 잃지 않고 소비자들에게 그대로 전달한다. 손으로 깎거나 조각하는 목재품 또한 나무 본연의 성질과 그 생애가 잘 드러나도록 섬세한 구상과 디자인을 거친다. 예를 들어, 갈라진 틈이나 구멍 같은 흠이 있는 목재도 버리지 않고 나비바늘 땜으로 틈을 꿰매거나 작은 나무토막을 세심하게 조각해 구멍을 메운다. 목재의 색상, 광택, 경도, 무게, 생장 패턴은 사람의 지문처럼 다르다. 나무마다 다른 나뭇결은 나무의 특성을 드러낼 뿐만 아니라 나무의 과거를 보여주는 역할을 한다.

　나 역시 나무의 생장 패턴을 통해 나무가 살아온 세월을 가늠해본 경험이 있다. 한 타이 식물학자의 희귀식물종 조사 여행에 동행했을 때였다. 타이에서 손에 꼽힐 만큼 높은 수직 절벽 가장자리를 걸어 올라가면서 울퉁불퉁하고 뒤틀린 나무들을 보았다. 관절염에 걸린 사람의 울퉁불퉁한 손가락을 불룩한 흙 속에 꽂아놓은 것 같은 모습이었다. 나무의 나선형 생장 패턴은 나무가 지금껏 자라온 환경이 고도가 높은 곳 또는 바람 부는 산등성이이며, 나선형 모양새가 거센 바람에 유연하게 대처하는 데 도움이 되었음을 말해줬다. 모잠비크에서처럼 나이테가 분명하지 않은 나무는 계절 구분이 명확하지 않은 열대 지방산이라는 것을 알려주며, 선명한 나이테는 그 나무가 내 고향 펜실베이니아의 참나무나 단풍나무처럼 계절 구분이 명확한 기후에서 자랐다는 것을 암시한다. 이처럼 나이테는 나무의 과거를 알려주는 거울이다. 간격이 넓고 고른 나이테는 나무가 자란 곳의 날씨가 화창했음을 나타내고, 간격이 좁은 나이테는 나무가 가뭄이나 병충해를 겪으며 힘든 시기를 보냈다는 것을 보여준다. 검은색 흉터는 화재나 번개로 인한 멍든 흔적일 수 있다. 역사서나 학술지처럼, 이 모든 정보가 나무의 유해에 기록되어 있다.

나무의 온전한 형태를 기억하면서 목재를 가공할 때 그 나무의 이야기는 사라지지 않고 완성된 작품 안에 오롯이 담겨 누군가의 삶에 깃들게 된다. 이런 요소들은 식물에 깊이와 강한 친근감을 더해준다. 도심 속 누추한 집에서 할머니 할아버지 댁 부엌에 있던 것과 똑같은 흉터 난 참나무 탁자에 앉아 저녁을 먹으면 가족의 온기와 사랑, 그 탁자에 둘러앉은 얼굴들이 떠오르는 것같이, 낡은 참나무 목재와 고르지 않은 나뭇결을 보면 다른 나무들과 나란히 서서 폭풍과 나무좀을 견뎌온 용감한 나무가 더 가깝게 느껴질 것이다. 그러고 나면 부산한 도시 한

복판에서 살아가는 우리 삶도 어느새 견딜 만하게 느껴질 것이다.

일본에는 '와비사비^{わびさび}'로 알려진 미적 관념이 있다. 이는 앨런이 말한 "아프리카 선불교"와 매우 비슷한 관념이다. 이는 기본적으로 아름다움은 불완전하고 일시적이며 미완성일 수 있다는 것을 수용하고 받아들인다. 이 관점에서 이상적인 완벽함은 존재하지 않는다. 와비사비를 실천하는 목수는 목재를 완벽함의 정도(이를테면, 결이 곱고 옹이가 전혀 없는 판자)로 판단하지 않으며, 모든 판자에서 아름다움을 발견하고 판자에 뒤틀림이나 옹이, 구멍이 있을 수도 있다는 사실을 받아들인다. 그리고 그 불완전함을 어루만짐으로써 더 훌륭한 장인, 자연의 진정한 도제로 거듭날 뿐만 아니라 목재의 본성과 온전한 상태를 유지한다. 그런 의미에서 목수는 목재에 융화되어 목재의 미묘한 기분을 알아내려고 애쓰고 결과적으로 목재가 진정으로 하고 싶은 이야기를 들려주는 사람이라고 할 수 있다.

이런 생각이 실체 없는 공허한 이야기처럼 들릴지도 모른다. 하지만 절대 그렇지 않다. 한두 계절 물을 준 식물과의 관계에서도 이런 깨달음을 얻을 수 있다.

식물을 키우면서 삶이 완벽하지 않다는 걸 깨달았어요. 식물처럼 저도 병들어 잎을 잃고 흠이 생길 수 있지만 그렇다고 제가 모자란 사람이 되는 건 아니죠. 일진이 사나울 때 식물을 보면 그래도 이 정도면 괜찮다는 생각이 들어요. 시든 잎 한 장으로 식물의 가치가 결정되지 않아요. 그건 제 경우도 마찬가지예요.

—에이미 폰 피셔

화원에서 사온 식물이 처음과 다른 모습으로 자랄 수도 있다는 사실을 받아들이려고 애써야 했어요. 어떤 건 덥수룩하게 자라고 어떤 건 줄기가 가늘어지고 또 어떤 건 잎이 다 떨어졌지요. 이럴 때 가지를 잘라주거나 꺾어서 도움을 줄 수도 있지만, 대부분의 경우 어쩔 수 없는 변화라는 것을 받아들여요. 우리도 그렇잖아요.

—조셀린 C.

졸업 선물로 엄마 친구께 분재를 받았는데 너무 예쁘더

라고요. 결코 '완벽한' 것은 아니었지만 나뭇가지가 한쪽으로 굽은 모습이 무척 인상적이었죠. 저만의 공간으로 처음 이사를 갔을 때 그 분재를 창턱에 올려놓고 어떻게 자라는지 유심히 지켜봤어요.

—설리

몇 년 전 자동차 사고를 당해 만성 통증이 생겼어요. 그래서 실내에서 보내는 시간이 좀 많아졌지요. 사고 직후에 긍정적인 생각을 하며 집중할 것이 필요해 실내식물을 모으기 시작했어요. 식물에 대해 잘 몰랐기 때문에 그때그때 대충 배워가면서 식물들을 키웠죠. 창가에서 멀리 떨어져 있는 식물들은 신기하게 햇빛 쪽으로 가지를 뻗고 몸을 구부리더라고요. 또 어떤 식물들은 괴물처럼 목재 보관장에 찰싹 달라붙더군요. 제 반려식물들은 각자 주어진 환경에서 최선을 다하려는 고집스러움을 보였어요. 그런 모습을 보면서 저도 주어진 여건 안에서 적극적으로 살아야겠다는 생각이 들더라고요.

그래서 지금은 만성 통증이 다 나은 것은 아니지만, 물리치료와 함께 요가를 시작했고 활력을 얻기 위해 짧은 산책도 하게 되었어요.

— 리비

결과보다는 과정, 사물보다는 존재

우리가 식물을 바라보는 관점은 우리가 배우거나 혹은 배우지 않은 식물에 대한 논의 방식에 의해 제한된다. 선불교에서는 언어 자체가 깊은 이해를 방해하는 가장 큰 제약 요소 중 하나라고 본다. '불립문자不立文字'는 '진리는 마음으로 깨닫는 것이지 따로 문자나 말이 필요하지 않다'라는 뜻으로, 말로써 실재의 완전함을 오롯이 전달할 수 없다는 의미다.

나는 자연에 대한 우리의 경험과 느낌, 지각, 그리고 언어가 자연과 우리의 관계에 어떤 영향을 미치는지 깊이 생각해본 적이 없었다. 그러다 열대우림행동연대의 설립자이자 내 친구인 랜디 헤이스에게 나무를 뜻하는 산스크리트어 '파다파^{padapa}'에 대해 듣게 됐다. 이 말은 문자 그대로 해석하면 '뿌리로 마시기' 또는 '뿌리 흡입'이라고 할 수 있다.

'뿌리 흡입'이라고 하면 어떤 모습이 떠오르는가? 땅에 연결된 살아 있는 뿌리가 수분을 끌어올리고, 그 수분이 나무 몸통으로 올라가 가지와 잎으로 흡입되는 이미지가 그려지지 않는가?

랜디는 이 개념을 자세히 설명해주었다. "나무는 홀로 존재하지 않아요. 홀로 존재한다면 몸통이 잘려 나가 '목재'가 됐을 때뿐이죠. 살아 있는 나무일 때는 뿌리부터 나뭇잎까지 나무 전체에서 영양분과 수분의 순환 과정이 일어나요. 나무는 흙에서 수분을 흡입하는 데 그 수분은 '증발산'되어 구름이 되고 결국 비로 떨어진 뒤 흙속으로 들어가 다시 나무로 돌아오죠."

랜디가 말하려는 요점은 바로 이것이다. 이처럼 나무를 살아 있는 존재로 묘사하는 단어가 있는데도 왜 우리는 여전히 뿌리로 흡입하는 이 존재를 베어내는 데 열을 올리는 걸까?

이 개념은 비유적으로 아름다울 뿐 아니라 곱씹을 만한 가치가 있다. 코넬대에서 산스크리트어를 가르치는 래리 맥크리 교수는 산스크리트어는 언어의 기본 구성 요소를 이용해 새로운 단어를 자유롭게 만들 수 있다고 설명했다. 다시 말해, 산스크리트어를 쓰는 사람은 누구나 감정이나 사물 또는 세계를 묘사하는 새로운 단어를 만들어낼 수 있다.

이렇듯 시적이고 유동적인 과정 지향적 성향은 산스크리트어에서만 찾아볼 수 있는게 아니다. 알곤킨 어파에 속하는 오지브웨Ojibwe와 포타와토미Potawatomi 등 아메리카 원주민 언어도 이처럼 유연하거나 집합적이다. 오지브웨족 원주민인 어텀 미첼의 설명에 따르면 이런 '집합어'에서는 짧은 단어들을 결합해 더 긴 단어를 만들 수 있다. "영어는 단어로 문장을 만들어 의미를 전달하잖아요. 그런데 오지브웨 같은 종합어는 단어만으로도 의미를 전달할 수 있습니다." 이 말은 한 문장이 하나의 긴 단어로 구성될 수 있고, 그 단어 하나에 다채로운 의미가 담길 수 있다는 뜻이다. "우리 부족어로 '애플파이'라는 단어는 사과가 어디서 어떻게 자라나고 심지어 누가 사과를 땄는지도 나타낼 수 있답니다."

뿐만 아니라 생산물이나 물건을 의미하는 단어에 과정을 나타내는 동사를 붙일 때도 언어마다 동사의 비중이 다를 수 있다. 포타와토미 네이션 출신의 식물학자인 로빈 월 키머러는 저서 『향기름새 엮기

Braiding Sweetgrass』에서 포타와토미 언어는 70퍼센트가 동사로 구성된 반면, 영어는 30퍼센트만 동사이고 주로 명사에 초점을 둔다고 설명하면서 이런 언어는 '사물'에 중점을 두는 문화에 적절한 듯 보인다고 지적했다.

미쳴은 오지브웨 언어도 비슷하다고 말했다. "동사에 두 가지 어미 중 하나를 붙여 명사를 만들죠. 사람이나 존재에는 생물 어미를 붙이는데, 식물도 '존재'로 들어가요. 사발 같은 물건에는 무생물 어미를 쓰지요. 스페인어처럼 '성별을 나타내는' 언어가 아니라, 생물과 무생물을 구분하는 언어예요. 오지브웨 언어에선 영어에서 무생물로 여기는 사물도 생물로 보는 경우가 많아요."

사물을 생물로 보는 문화는 이외에도 더 존재한다. 일본 종교인 신도神道는 명인이 만든 나무 사발 등 특정 사물에 '가미神'라는 자연의 정령이 깃들어 있다고 여긴다. 이런 이유로 일본인들은 전통적으로 '시메나와しめ縄'라는 금줄로 집을 장식하거나 집 안에 '가미'를 모시는 소형 제단인 '가미다나神棚'를 설치한다. '요리시로依り代'로 알려진 나무는 정령이 나타날 때 매체가 된다고 하여 종종 밧줄로 묶어놓기도 한다. 이런 신성한 나무를 베는 것은 화를 자초하는 일이라며 꺼려한다.

다른 언어권 사람들이 스스로를 어떻게 생각하고 표현하는지 고찰하면서 나는 부모님 무릎 맡에서 배우는 언어가 대지와 우리의 관계, 그리고 식물과 우리의 관계에 어떤 영향을 주는지에 대해 새로운 관점을 갖게 됐다. 그리고 자연에 몰두하면서 보낸 수년 동안 때때로 두 눈을 감고 나무가 된다면 어떤 느낌이 들지 상상해보려고 애썼다. 이를 지금까지 이야기한 내용을 감안해 '나무가 된다'라는 말을 '뿌리로 흡입하는 존재'라는 말로 살짝 바꿔볼까 한다.

　대지의 차가운 흙에서 태어난 나라는 존재는 흙과 결합하고 내 이웃들과 조용히, 눈에 띄지 않게 소통하지 않을까? 내 뿌리는 같은 수종의 다른 나무의 뿌리들과 얘기를 나누는 것은 물론, 세균(박테리아)과 균류 같은 다른 유기체들 사이를 오가며 말을 전달할 것이다. 내 잎과 껍질은 곤충들과 의사 전달을 하면서 그들을 가까이 끌어들이거나 멀리 쫓아버릴 것이다. 나는 하늘과도 교류할 것이다. 내가 하늘로 내뿜은 산소와 수증기는 구름과 비가 되어 나를 비롯한 이웃들에게 끝없는 수분의 원천이 되어주고 오랫동안 내 생명을 지켜줄 것이다. 이런 과정이 계속 이어지면서 무럭무럭 자라난 나는 숲 바닥에 씨앗을 뿌려 번식을 도모한 뒤 서서히 조용하게 껍질과 가지를 떨구고 내가 태어난 흙으로 다시 돌아갈 것이다. 즉, '아다마adamah'(히브리어로 '흙')와 '하와hava'(히브리어로 '살아 있는')로서 인류만이 아닌 만물을 위한 선물이 될 것이다.

식물이 물건이 되기까지의 여정을 떠올려보기

집 안에서 식물로 만들어진 물건을 하나 골라보자. 예를 들면, 식탁이나 아끼는 셔츠, 또는 찻잎 같은 것들이 있다. 전혀 감이 안 올 수도 있지만, 잠시 시간을 내 그 물건이 식물이었을 때 어떤 모습이었을지 생각해보자.

상품 라벨을 보면 이 식물이 어떻게 아침 식탁에 올라왔는지, 맛있게 홀짝이는 차로 만들어졌는지 알 수 있다. 식탁이나 찻잎이 어떤 식물로 만들어졌는지 알았다면 이제 그 식물이 어디서 자라고 어떤 기후를 좋아하는지 찾아보자. 어쩌면 오랜 전통을 자랑하는 목세공 방식, 의복이 전 세계를 가로질러 우리 옷장으로 오기까지의 여정, 또는 정교한 다도 전통을 배울 수 있는 기회가 될지도 모른다.

이렇게 의식적으로 물건에 얽힌 이야기를 알아 나가면 세계가 서로 연결되어 있다는 것, 그리고 우리가 자연에 깊이 몸담고 있다는 사실을 상기할 수 있다.

©Homestead Brooklyn

5장

실내 정원의
역사

내가 대지와 교제하지 못할 이유는 무엇인가?
나 자신도 일부분은 나뭇잎이고 부엽토인 것을.
— 헨리 데이빗 소로우 Henry David Thoreau

식물은 살아 있는 존재예요.
저는 흙을 지키다가 흙으로 돌아갈 수 있다는 사실이 너무 행복해요.
식물의 생장을 지켜보고 세심하게 보살피면서 식물은 제 삶의 일부가 됐어요.
이제 식물이 없는 삶은 상상할 수 없답니다.
— 샤이엔 Cheyenne

실내 정원의
역사

　자신만의 녹지 공간은 정신 건강을 증진하고, 성실성과 측은지심을 함양하는 등 다양한 삶의 혜택을 누릴 수 있도록 돕는다. 지금쯤 여러분의 마음속에도 이에 대한 확신이 생겼기를 바란다. 하지만 어디서부터 어떻게 시작해야 할지 막막할 것이다.

　새로운 일을 시도할 때는 무엇이든 작은 것부터 시작하는 것이 좋다. 대다수 사람이 이렇게 생각하지 않을지도 모르지만, 사실 단 하나의 식물이라도 적극적으로 보살피며 배워 나간다면 머지않은 미래에 원예의 달인이 될 가능성이 크다. 제임스 클리어는 저서 『아주 작은 습관의 힘ATOMIC HABITS』에서 습관이 어떻게 정체성을 형성하는지 설명했다.

우리는 종종 집 안에 식물이 가득한 모습 같은 결과물에 지나치게 초점을 맞추는 데, 이는 잘못된 자세라고 그는 지적했다.

> 습관을 바꾸는 과정을 시작할 때 사람들은 대체로 자신
> 이 성취하고 싶은 '결과'에 초점을 맞추는 데, 이는 결과물
> 기반의 습관으로 정착되기 쉽다. 그보다는 정체성 기반의
> 습관을 구축해야 한다. 이런 접근 방식은 우리가 되고 싶은
> '사람'에 초점을 맞추게 한다.

내 생각도 이와 비슷하다. 나는 종종 사람들에게 산의 정상에 도착하는 것만큼이나 흥분되고 성취감을 주는 것은 바로 그 여정이라고 얘기한다. 바로 이 여정에서 난관을 이겨내면서 탄력 회복성을 배우게 된다. 헬리콥터를 타고 편하게 산 정상까지 간다면 경치를 감상할 수는 있어도 산을 오르는 동안 쌓을 수 있는 경험은 모두 놓칠 것이다. 이 여정에 첫발을 디딤으로써 우리는 일상생활에 적용하고 궁극적으로 건강한 일과의 하나로 정착시킬 기술을 개발할 수도 있다. 다시 말해, 생활 원예가로서 정체성을 구축해 나갈 수 있는 최선의 방법은 단 하나

의 식물이라도 책임지고 관찰하고 돌보는 것, 거기서부터 시작하면 된다. 이는 미적 요소에 신경 쓸 필요가 전혀 없다는 뜻이기도 하다. 집을 서둘러 식물로 채우거나 식물들 사진으로 인스타그램 계정을 꾸미거나 핀터레스트Pinterest 게시판에 올라온 푸릇푸릇한 실내 정원들을 보고 자신의 집이 보잘것없다고 한탄할 것 없다. 중요한 것은 그 여정을 시작하는 것이다.

"식물 하나를 키운다고 원예사가 될 수 있을까요?" 이렇게 반문할 사람도 있을 것이다. 앞서 말한 것처럼, 나뭇잎 한 장이 가을의 아름다움을 대신할 수 없고, 실내식물 하나가 온전한 생태계의 아름다움과 장엄함을 대체할 순 없다. 모종을 들고 문턱에 앉아 맨손으로 돋움 화단을 만들고 화단에 비료 혼합물을 수북이 덮어준 뒤 민달팽이와 끝없이 씨름하다가 결국 상추 재배를 망치고 슬퍼해본 적 있는 사람이라면 이 같은 주장에 울컥할 수도 있다. 어쨌든 자연에서 보내는 시간이 적을수록 자연과의 교감은 줄어들기 때문에, 자연과 대화를 시작하고 친밀감을 유지하기 위한 최고의 방법은 실내식물을 키우는 일처럼 사소한 것일 가능성이 크다. 나와 같은 커뮤니티에 있는 많은 사람도 이와 비슷한 이야기를 했다.

어렸을 때 아버지를 따라 전원 지역에 자주 갔는데, 자연 속에 있으면 마음이 평화로워졌어요. 집 안에 식물을 들여 놓았는데 어렸을 적 맨발로 숲을 밟고 다닐 때와 똑같은 느낌이 들더라고요. 다른 식으로는 느낄 수 없는 감정을 만끽할 수 있었답니다.

—오릴리아 L.

저는 평생 식물과 떨어져서 지내본 적이 없어요. 부모님이 두 분 다 실외 정원 가꾸기에 열심이셨거든요. 제가 자란 곳도 농장이었지요. 그런데 도시로 이사 오면서 잠시 방황했던 시간이 있어요. 5년 정도 우울과 불안에 사로잡힌 채 시간을 보냈는데, 아무런 취미도 없었고 인생의 방향도 정할 수 없었어요. 그러다 작년에야 실내식물을 키우는 일이 얼마나 큰 만족감을 주는지 깨닫게 됐어요. 지금은 자연요법 전문가가 되려고 열심히 공부하고 있답니다. 자연과 연결되는 시간은 정신적, 신체적 건강을 유지하는 데 있어 무척 중요한 요소예요. 저를 비롯한 많은 사람이 이를 모르고 살아간다는 걸 생각하면 정말 안타깝답니다.

―소피

　이혼 후에 번아웃 증상이 시작됐는데, 네 명의 자녀를 책
임져야 했어요. 이대론 안 되겠다 싶어서 맨발 달리기를 시
작했어요. 숲에 가서 자연에 둘러싸여 있으면 다시 살아 있
는 느낌이 들었지요. 그런데 슬프게도 이 무렵 경추 손상을
입어 몇 분 이상 서 있거나 걸을 수 없게 됐어요. 더는 달리
기를 할 수 없었지요. 숲에 가는 것은 제 능력 밖의 일이 되
었어요. 그러다가 실내식물에 관심을 갖게 됐어요. 숲에 갈
수 없다면 숲을 집 안에 들여오면 되겠다는 생각이 들더라
고요. 그때부터 지금까지 식물을 키우다 보니 어느새 50그
루 정도의 식물을 키우게 되었어요. 지금 저는 무척 행복해
요. 다시 살아 있는 기분이 들거든요!

―타마라

사람들이 해주는 이야기에는 식물과 식물을 가꾸는 사람의 관계가

결코 일방적이지 않다는, 진실이 담겨 있다. 그렇다. 식물을 집 안에 들이는 일은 우리의 배려와 손길을 필요로 한다. 식물은 조용하고 직관적인 방법으로 그 사랑을 되돌려준다. 원예가라는 정체성에 몰두하는 순간, 우리 내면에 평온의 스위치가 켜지는 것이다.

당연한 사실이지만 실내식물은 인간의 머리에서 나온 구상, 다시 말해 우리를 둘러싼 사방에 벽을 세우기 시작하면서 발명됐다. 식물을 '길들인다'는 개념이 다소 새로울 수도 있지만, 희귀하거나 흥미로운 식물을 재배한다는 생각은 우리 인간에게 결코 새로운 것이 아니다. 이 말은 식물을 가꾸는 일이 몇천 년 동안 대체로 비슷한 모습을 보여왔다는 뜻이다. 따라서 실내 정원의 역사를 되짚어보면 우리보다 앞선 사람들에게서 무언가 배울 수 있을 것이다.

안뜰로 옮겨온 에덴동산

인류 최초의 원예가는 여자였다. 기원전 1만 년 무렵, 여자들은 숲을 뒤지고 돌보며 식용, 의식용, 약용 등 식물의 용도를 직관적으로 이해했다. 보는 관점에 따라 남자들도 원예에서 그리 동떨어졌다고는 할 수 없다. 남자들은 땅의 개간을 돕고 특정한 작물을 가꾸었다. 예를 들어, 일부 아마존 문화권에서는 남자들이 오랫동안 코카나무를 도맡아 재배했으며, 여자들은 카사바를 담당했다. 이곳에서 코카와 카사바는 각각 '남성'과 '여성'을 대표하는 중요한 작물이었다.

일부 문화에 자리 잡았던 유목 생활이 끝나면서 원예는 더욱 인기를 끌었다. 초기 정원들은 필요에 의해 만들어졌지만, 맥락상 정신적 요인과 깊게 맞닿아 있는 경우가 많았다. 씨앗의 기원부터 정원에 씨가 뿌려지는 위치까지 모든 것에 의미와 은유가 넘쳤다. 정원은 종종 한 문화의 우주론과 기원을 상징했다. 이런 이유로 한 민족의 결단력과 정체성, 감사의 마음을 고취시키는 수단이 되기도 했다. 앞에서 말한 코카와 카사바의 경우, 두 작물이 정원에 심기는 패턴은 뼈와 살의 관계를 보여주었다. 코카는 인간의 뼈대 형태를 이루고 카사바는 그 뼈를 덮는 형태를 보여 둥그스름한 모양의 정원이 만들어졌다.

실내 정원의 기원은 3500년 정도 더 거슬러 올라가 고대 이집트인과 아시리아인, 수메르인들이 가꾼 정원에서 찾아볼 수 있다. 정교한 정원이 만들어지기 시작한 곳은 아시아다. 중국 왕족들은 웅장한 경치를 자랑하는 정원을 소유했는데, 약 3600년 전부터 왕족들이 이 같은 의뢰를 했다는 내용이 문서에 기록돼 있다. 중국 왕실의 정원은 훗날 일본의 정원 양식에 영감을 주었다.

고대 세계의 7대 불가사의 중 하나인 바빌론의 공중정원은 계단식 정원이었다고 하는데, 고고학적 근거가 부족해 그 존재 여부를 두고 의견이 분분하다. 이와 관련, 옥스퍼드대학교의 아시리아 학자 스테파니 달리는 바빌론의 공중정원이 실제로 존재했다는 설득력 있는 고고학적, 역사적 증거들을 제시했다. 달리 교수는 바빌론의 공중정원이 바빌론 북쪽 547킬로미터 지점인 니네베(고대 아시리아의 수도-옮긴이)에 있었고 기원전 705~681년 아시리아를 통치한 센나케리브 왕이 건설했다고 단정했다. 격동의 도시 모술(이라크 북부 도시-옮긴이) 부근에 위치한 이 지역은 현재 대부분 파괴됐지만, 이 정원을 묘사한 동판화들(그중 하나는 대영박물관에 소장되어 있다)이 남아 있어 식물 애호가의 상상력을 자극한다. 바빌론의 실내 정원은 스타디움 양식의 아치형 건축물에 식물들이 매달린 채 축 늘어져 대롱거리고 과일이 잔뜩 열린 유실수와 웅장한 나무들이 수놓은 곳이었을 것이다. 건축물 안과 밖에서 다양한 식물이 어우러진 이 압도적인 풍경은 싱가포르가 최근 야심 차게 시작한 도심 속 정원 프로젝트의 설계와 혁신에서 그 흔적을 확인할 수 있다. 최초의 실내 정원들이 믿기지 않을 만큼 아름다웠다는 것은 절대 과장된 추측이 아니다.

그리스 로마 제국도 식물을 사랑했다. 사람들은 신들에게 경배를 드리기 위해 항아리와 화분에 식물을 심었다. '스페쿨라리움specularium'으로 알려진 최초의 '온실'이 로마 황제 티베리우스(기원전 42년~기원후 37년)의 통치기에 개발됐다는 기록도 있다. 당시에는 판유리가 없었기 때문에 작은 반투명 돌비늘인 운모로 온실이 만들어졌고, 가축의 분뇨와 온실 옆면을 따라 피운 불로 보온을 유지했다. 이러한 방법으로 티베리우스 황제는 1년 내내 과일을 즐겼다.[24] 로마의 철학자 세네카는 식물의 열매와 꽃을 억지로 틔우는 것은 자연을 거스르는 일이라며 그러한 행동을 비난했다. 로마 제국이 멸망한 후에는 수도사들이 수도원 정원에서 실내식물과 실외식물을 키우는 전통을 이어갔는데, 특히 약용식물을 가치 있게 여겼던 것으로 보인다.

16세기와 17세기에는 2400년 전의 센나케리브 왕처럼 정원을 화려하게 꾸미고 싶어 하는 왕과 여왕들의 열망에 힘입어 유럽에 전문 식물 사냥꾼들이 등장하기 시작했다. 1670년에는 자콥 보바트 2세Jacob

Bobart the younger(1641~1719)의 주도로 옥스퍼드대학 식물원에 최초의 목재 온실이 지어졌다.[25] 이 온실은 석탄을 태워 난방을 했다. 나중에는 난로가 사용됐는데, 이때부터 이런 조건에서 자라는 식물들을 "난로식물stove plant"이라고 부르게 됐다. 이 무렵 신대륙의 약용식물과 미지의 세계에서 온 풍부한 식물군에 대한 문헌이 등장하기 시작했고, 새로운 식물종의 발견에 대해 기록한 방대한 양의 식물표본집이 편찬됐다.

나는 인간과 식물의 관계가 시간이 흐르면서 어떻게 기록되고 논의돼왔는지 궁금했다. 그래서 뉴욕주 북부행 버스를 타고 모교인 코넬대를 찾아갔다. 재학 중에는 한 번도 리버티 하이드 베일리 식물표본관에 가본 적이 없었다. 이곳이 얼마나 보물 같은 곳인지 알았더라면 분명 다른 선택을 했을 것이다! 이곳에서 나는 식물 생물학자인 윌리엄 크레펫 박사와 애나 스탈테르 박사(부 큐레이터 겸 식물연구원), 그리고 보조 큐레이터 겸 사서인 피터 프라이시넷을 만났다.

두려움을 모르는 식물학자이자 분류학자, 원예사였던 리버티 하이드 베일리의 이름을 딴 베일리 식물표본관은 다양한 식물학 서적과 학술지를 소장하고 있다. 그중에는 베일리 자신이 살아생전에 소장했던 것들도 많다. 설립 이후 이곳은 대략 3만 권의 장서, 200종의 학술지, 90

만 개의 식물 표본이 소장된 식물표본관으로 성장했다.

이곳에서 나는 애나의 뒤를 열심히 따라다녔다. 그녀의 희끗희끗한 머리칼은 회색과 흰색 꽃무늬 블라우스와 잘 어울렸다. 우리는 표본실 끝에서 끝까지 늘어선 회색 철제 캐비닛을 따라 타일이 깔린 통로를 계속 걸었다. 애나의 편한 샌들과 내 운동화가 끌리는 소리가 이어졌다. 이렇듯 한참 걷다가 우리는 걸음을 멈추고 캐비닛 위에 붙은 메모를 확인했다.

애나는 캐비닛에 달린 커다란 검정색 손잡이를 돌려 식물 표본을 한 페이지 한 페이지 조심스럽게 꺼냈다. 식물의 주요한 형태적 특성을 보여주기 위해 압착해 붙박아놓은 식물 옆에는 학명과 함께 채집 장소와 채집자의 이름을 적어놓은 라벨이 달려 있었다. 철두철미하고 침착한 채집자는 식물이 자란 방식과 장소 등 식물과 주변 환경의 특이점들을 상세하게 기록해놓았다. 애나는 뉴욕주 북부에서 채집된 가냘픈 양치식물, 가시까지 포함해 납작하게 만들어놓은 에콰도르산 선인장, 학교에서 식물학을 중요 과목으로 다루던 시절에 어린 학생들이 채집해 압착한 꽃, 심지어 1700년대 쿡 선장의 항해에서 채집된 귀중한 압착 식물까지 하나하나 보여주었다. 식물 표본을 보고 있으니 수많은 수집가들이 경험했을 발견의 기쁨이 느껴졌다. 식물의 경이로운 세계를 찾아내 기록하고 이해하며 그 발견을 다른 사람들과 나누기 위해 그들이 감행했을 고난 또한 여지없이 체감됐다(나 역시 그런 느낌을 확실히 알고 있다!).

식물표본집은 과명科名을 기준으로 정리되어 있었다. 애나에게 천남성과 식물을 보여줄 수 있는지 물었다. 여기에는 인기 있는 실내식물인 필로덴드론속과 몬스테라속도 포함된다. 온통 회색으로 이뤄진 통로를 이리저리 헤쳐 나가며 애나가 캐비닛 위의 이름들을 훑어보았다. "여기 있네요." 그녀는 쾌활하게 말하더니 상자를 하나 꺼냈다. 그 안에는 식물학자들이 오랫동안 모아온 크림색 기록 용지들이 가득 들어 있었다. 용지들은 큰 열매와 꽃차례를 한 페이지에 다 압착하지 못해 하나같이 불룩하게 허리가 휘어 있었다. 길 잃은 곤충들이 표본들을 손상시키지 못하도록 오랜 세월 동안 사용한 나프탈렌 냄새가 훅 끼쳤다.

나는 멕시코와 중앙아메리카가 원산지인 몬스테라 푼크톨라타를 보여달라고 부탁했다. 이파리에 매우 길쭉한 천공 내지 '창문'이 뚫려 있어 이런 이름을 얻었다. 수집가의 기록에 따르면 표본 잎은 길가에서 자라던 한 나무에서 채취한 것으로, 한 장의 용지에 간신히 압착돼 있었다. 접혀진 잎은 풀을 잔뜩 먹인 낡은 양복처럼 빳빳했다. 1961년 9월 21일 번팅이란 사람이 채집했다고 쓰여 있었다. 나중에 이 수집가가 2015년 세상을 떠난 식물학자 조지 시드니 번팅이라는 사실을 알게 됐다. 번팅은 필로덴드론과 몬스테라, 그 밖에 실내 품종으로 잘 알려져 있는 아글라오네마, 스파티필룸이 포함된 재배용 천남성과 식물에 대한 광범위한 연구로 유명하다. 나는 그가 이 식물을 발견했을 때 얼마나 흥분했을지 상상할 수 있었다. "당장 차 세워!" 이렇게 외치고는 고속도로 가장자리에 차를 댄 후 자신이 발견한 식물을 따라 비탈길을 오르는 그의 모습이 눈에 선했다. 맨 처음 새로운 식물을 발견하는 사람들이라면 누구나 느낄 만한 딱 그런 흥분감이었을 것이다.

애나와 나는 식물표본집을 계속 감상했다. 물론 그녀에게는 다 익숙한 것들이었지만, 그녀의 표정에서 안내하는 것이 전혀 귀찮지 않다는 것을 느낄 수 있었다. 나는 그녀의 열정이 방문자에 대한 억제할 수 없는 흥분과 감사에서 비롯된 것은 아닐까 생각했다.

애나는 선반이 달린 캐비닛 앞에 멈춰 서더니 압착된 종이가 아니라 상자를 하나 꺼냈다. 농구 선수의 신발이 들어갈 만큼 커다란 상자였다. 간혹 종자를 비롯한 식물의 부위들을 종이 사이에 압착하기가 힘들어 보다 넓은 공간이 필요한 경우가 있다. 상자 안에는 세이셸 고유종인 세이셸 야자수의 씨앗이 담겨 있다고 적혀 있었다. 좀 적나라하게 표현하자면, 단단하고 윤기 나는 갈색 궁둥이처럼 생긴 이 씨앗은 세계에서 가장 큰 식물 씨앗이다. 이 씨앗이 나는 식물은 '코코 드 메르CoCo de mer', 즉 바다의 코코넛이라 불린다. 탐험가들이 육지에서 수 킬로미터 떨어진 대양 위를 떠다니는 이 씨앗을 보고 바닷속 깊은 지층에서 자라는 나무의 씨앗이라고 생각해서 이런 이름이 붙었다. 나는 씨앗의 엄청난 크기와 구조에 감탄했다.

이런 수집품들은 더 이상 쓸모없고 시대에 뒤떨어진 물건처럼 보일 수도 있지만, 여러 학문 분야에서 유용하다. 식물학 역사의 한 조각을 보존해줄 뿐만 아니라 현대 식물학자와 과학자들이 특정 식물종의 과거 서식 범위를 분석할 수 있는 단서를 제공해 시간에 따른 서식지의 확대 및 감소 수준(대부분 감소에 해당된다)을 파악할 수 있게 도와준다. 과학자들은 이런 표본들을 사용해 식물을 식별하거나 일상적으로 발생하는 분류학적 논쟁을 해결하기도 한다. 또한 식물 표본은 과학자들이 연구에 사용할 DNA를 추출하는 원천이 되어준다. 마지막으로, 식물 표본은 식물원과 재배업자, 실내식물 주인들이 식물의 최적 재배 조건을 알아보고자 할 때 참고할 수 있는 유용한 정보원이다. 식물표본실에서는 볼거리가 많은 식물 박물관에 온 것처럼 식물을 채집해 기록하고 압착했던 식물학자 또는 탐험가의 입장이 되어볼 수 있으니, 기회가 된다면 한번 들러보기를 적극 추천한다.

물론 모든 식물이 표본실로 직행해 종이 사이에 압착되는 것은 아니다. 어떤 식물은 다른 운명을 맞이해 식물원 온실이나 수집가의 온실, 정원, 개인 소장실로 간다. 일부 경우, 오늘날 우리가 재배하는 식물들의 직계 조상이 되기도 한다.

"저희 집에도 저 라피도포라 크립탄타가 있어요." 언젠가 플로리다에 있는 페어차일드 열대식물원에서 그늘진 벽에 판자 지붕처럼 넓게 펼쳐져 있는 식물을 가리키며 식물 원예가인 채드 허스비에게 말했다. "그건 후손일 거예요. 여기 있는 건 1970년대 뉴기니에 있는 식물원에서 온 거거든요. 그때 이 식물은 미확정종이었지요." 채드는 이렇게 설명했다. 라피도포라는 현재 실내식물 시장에서 팔리고 있지만 느린 생장 때문에 흔히 볼 수는 없다. 우리 집에도 라피도포라 두 그루가 자라고 있다.

애나와 내가 표본들을 보느라 분주한 사이, 피터가 오래된 식물 책시리즈를 들고 지하실로 들어왔다. 애나를 보고 식물 표본들을 참 애지중지 다룬다고 생각했는데, 피터는 책들을 정말 애지중지했다. 알고 보니 어떤 책들은 400년 가까이 되었다고 했다. 그는 가죽을 입힌 타일 모자이크처럼 책들을 탁자 위에 펼쳐놓았다. 금방이라도 으스러질 것 같은 모습에 책들을 만지기가 두려웠지만 피터의 끄덕임에 용기를 얻었다. 나는 조심조심하며 책들을 넘겨보았다. 한 권 한 권에서 저자의 세심한 조사와 서술이 느껴졌다. 어떤 책들은 보존이 잘돼 있었다. 지난 세월의 향기를 풍기는 닳은 송아지 가죽 표지에 가장자리가 노랗게 변한 두꺼운 종잇장들이 묶여 있었다. 어떤 책들은 종잇장이 나방의 날개만큼 연약해 보였다. 어찌나 가냘프고 부실한지 종이와 책의 서명들이 누덕누덕 해어져 있었다. 거의 모든 책에 식물과 그 해부학적 구조를 세세하게 보여주는 정교한 판화가 실려 있었다.

그날 코넬대에서 옛날 원예가들이 쓴 책들을 우연히 보았는데, 한 책은 현대 식물 애호가들과 특별한 관련이 있었다. 1829년 여름, 의사였던 나다니엘 백쇼 워드는 배와 집 안에서 식물의 생존율을 높여주는 우연한 발견을 했다. 이 발견은 식물을 키우다 참패를 맛본 일을 계기로 이뤄졌다. 식물을 죽여본 적이 있는 사람이라면 이 사실이 위로가 될 것이다. 내가 프랑스 식물학자 패트릭 블랑의 책을 읽고 집에 실내 수직정원을 만들려고 했던 것처럼, 워드 역시 벽면을 이끼와 양치식물로 덮은 뒤 앵초와 괭이밥 같은 식물들을 그 사이사이에 배치하려고 했다. 결론만 말하면, 식물들은 곧 시들어버렸다. 그는 근처 공장에서 나오는 연기 때문이라고 주장했다. 공기 중을 떠도는 자욱한 미세먼지 때문에 광합성과 그에 따른 생장이 멈춘 것이었으므로 지극히 합리적인 추정이었다.

실패의 원인이 무엇이었든 워드는 다른 소일거리를 찾아냈다. 그중 하나는 주둥이가 큰 유리병에 촉촉한 흙을 담고 그 속에 박각시나방 번데기를 묻어두는 것이었다. 그러자 흙 속 수분이 유리 표면에 응결됐다가 다시 흙으로 돌아가는 순환 과정이 일어나면서 유리병 안의 수분과 습도가 일정한 수준으로 유지됐다. 그 모습을 본 워드는 본격적인 관찰에 들어갔다. 다음은 그 기록의 일부다.

> 번데기가 나방으로 변하기 약 일주일 전에 어린 양치식물과 풀 하나가 흙 위에 나타났다. 수년간 키우려고 애썼지만 결국 헛수고로 끝난 바로 그 식물이 '자기 의지로' 움을

트고 나온 것을 보며 나는 감동하지 않을 수 없었다. 이 식물이 자라는 데 필수적인 조건이 무엇인지 진지하게 생각해 보았다. '매연이나 기타 이질적인 미립자가 없는 촉촉한 대기, 햇빛, 열, 수분, 휴식 시간, 공기 순환'이었다. 유리병 속 식물은 이 요건을 모두 갖추고 있었다. '공기 순환'의 경우, 앞서 설명한 확산 과정에 의해 달성됐다. 이로써 이 양치식물이 생장하는 데 필요한 모든 요건이 빠짐없이 충족된 것이다. 이제 실험을 통해 그 사실을 입증할 일만 남았다.

나는 북향으로 난 서재 창문 밖에 병을 두었다. 무척 기쁘게도 식물들은 쑥쑥 잘 자라났다. 그 식물들은 알고 보니 관중과 새포아풀이었다. 아무런 관리도 하지 않고 그대로 두었는데 병 안에서 거의 4년을 살아남았다. 새포아풀은 한 번인가 꽃을 피웠고, 관중은 매년 길게 갈라진 잎이 서너 장씩 나왔다. 하지만 내가 집을 비운 사이 녹슨 뚜껑 사이로 빗물이 들어가면서 뜻하지 않게 죽어버렸다.

워드는 식물이 생장하는 데 필요한 조건을 알아내려고 애쓰다가 자신도 모르게 당대 사람들이 생각지도 못한 기발한 아이디어를 떠올렸다. 그 아이디어는 바로 식물을 병에 넣는 것이었다. 이는 이국 식물들이 유럽을 넘어와 미국에 유입되는 데 크게 기여했다. 훗날 워드의 유리 용기(오늘날의 테라리움)라고 불리게 된 이 아이디어는 1842년 처음 집필되어 1852년 제2권이 나온 워드의 저서『밀폐식 유리 용기 안 식물의 생장에 관하여 On the Growth of Plants in Closely Glazed Cases』에 체계적으로 정리돼 있다. 워드는 이 책을 쓸 무렵에 이미 "식물 선적이 … 보편화됐다. 지구상에서 '워드의 유리 용기'를 이용하지 않는 문명지는 거의 한 곳도 없다"고 자부했다. 이 책을 쓴 목적은 자기 자랑을 하는 것이 아니라 사람들에게 밀폐 용기 안에서 식물을 키우는 법을 알려주려는 것이었다. 그는 유리 용기에 흙을 넣고 식물을 심은 뒤 햇빛이나 물, 습도, 공기 순환 등 식물의 필요 요소를 무시해서는 안 된다는 사실을 알아냈다. 이는 집에서 키우는 식물들에게도 마찬가지로 적용된다. 이 내용은 뒤에서 간단히 다룰 것이다.

책이 출간될 무렵 워드는 꽤 유명세를 얻었지만, 식물에 관심 있는 모든 사람에게 그의 메시지가 전달되기는 힘들어 보였다. 그렇지만 식물을 곁에 두고 싶어 하는 대중의 흥미와 열정은 확실히 자극했다. 심

각한 환경오염으로 점점 검댕이로 변해가는 도시 지역에서 특히 열
풍을 일으켰다. 1800년대 중반부터 실내식물, 응접실 식물, 온실식물,
'난로'식물(말 그대로 온실에 배불뚝이 난로를 설치해야 생존할 수 있기 때문
에 이런 이름이 붙었다)에 관한 책들이 쏟아져 나왔다. 제목도 『응접실과
정원에 어울리는 화초Flowers for the Parlor and Garden』, 『실내식물 재배법
House Plants and How to Grow Them』, 『실내식물을 잘 키우는 법House Plants and
How to Succeed with Them』, 『창가 화단The Window Flower Garden』, 『창가 원예
Window Gardening』 등 다분히 서술적인 것이 많았다. 어떤 책들은 저술된
지 150년이 넘었지만, 식물 관리나 디자인, 심지어 오늘날에도 통용되
는 식물에 대한 열정 등에 관한 여러 요소를 포함하고 있어서 요새 나
온 책들과 견줘봐도 손색이 없다.

　빅토리아 시대가 끝나고 1900년대에 접어들면서 식물 애호가들의
가려운 곳을 긁어주기 위해 미국 북동부와 캘리포니아, 플로리다에 열
대식물 육묘장과 온실이 등장하기 시작했다. 이런 곳에서 펴내는 카탈
로그들은 꽃, 나무, 관목 같은 실외식물에 대한 사람들의 관심뿐만 아
니라 집이나 개인 온실에서 관엽식물을 키우고 싶어 하는 사람들의 욕
망까지 만족시켜주었다.

이러한 식물에는 아글라오네마, 드라세나, 호웨아 같은 잘 알려져 있는 종도 있었지만 잘 알려져 있지 않은 식물들도 많았다. 그중 다수는 동네 화원에서 보게 된다면 흥분할 만한 것들이었다.

로어스는 1869년 줄리어스 로어스가 뉴저지주 이스트러더퍼드에 설립한 온실로 지금도 운영되고 있다. 이 온실이 설립된 초기에는 당시 맨해튼에 우후죽순으로 생겨나고 있던 화원에 납품할 꽃과 식물을 재배했다. 로어스는 미얀마, 인도, 북아프리카, 중남미 등 세계 각지에서 공급자를 찾았다. 유럽에서 배를 통해 들여오는 모든 식물은 '줄리어스 로어스 회사'로 직행했다. 코넬대 식물표본관에 소장된 오래된 카탈로그들에 따르면, 로어스가 한창 성행일 때는 이곳에서 수천 가지 서로 다른 열대 품종이 온실 주인의 선택을 기다렸다. 이 식물들은 주로 독일계 미국인 식물학자로 1931년 줄리어스 로어스 회사와 인연을 맺은 알프레드 버드 그라프가 수집한 것이었다.

실내식물에 대한 관심은 1930년대 내내 계속되다가 1950년대에 다시 시작됐고 이후 수십 년 동안 꾸준히 커졌다. 1970년대 중반에 일어난 식물 대유행은 오늘날의 실내식물 열풍에 비견할 만하다. 2018년 《뉴욕 타임스》의 한 기사에 따르면 실내식물 판매량의 거의 3분의 1을

밀레니얼 세대가 책임지고 있다고 한다.[26]

1970년대 이후 전 세계 사람들은 유사 이래 가장 빠른 속도로 도시로의 이주를 시작했다. 이 현상은 최근 소셜미디어에 힘입은 식물 열풍과 결합해 조용하면서도 경쟁적인 실내식물 문화로 발전하기에 이르렀다. 예전에는 '이웃집 따라하기' 현상이 이웃사촌 사이에서만 나타났지만 지금은 어느 곳에서든 소셜피드 또는 해시태그 한 번이면 전 세계 식물 애호가를 비롯해 식물 단체들과 바로 연결되기 때문에 영감과 열망이 어디에나 존재한다. 소셜미디어는 식물에 관심이 많은 사람을 서로 연결해주고 이들이 (때때로 흠잡을 데 없이 완벽한) 식물 가꾸기의 세계로 발을 들이도록 돕고 있다. 이런 상황에서 우리는 '식물이 필요한 것은 무엇일까?' 생각해봐야 한다.

미국 전체 가정 중 4분의 3은 홈인테리어나 문화적 표현의 하나로 식물을 키우고 있다. 이는 실내식물이 실제로 대세가 됐고 사람들이 식물 관리에 대한 지식을 어느 정도 가지고 있다는 것을 보여준다. 그렇다고 해도 배워야 할 것은 늘 있기 마련이다. 식물에게 사랑받으려면 실내식물을 키울 때 고려해야 되는 사항을 알아두는 것이 필요하다.

이에 관해서는 뒤에서 더 자세히 살펴볼 것이다. 이때 중요한 것은 식물에 대한 사고를 끊임없이 재구성하고 상상력을 넓혀 잠시나마 육신의 틀을 벗어던지고 식물과 하나되는 느낌에 완전히 몰입해 즐기는 것이다.

○

마음에 식물 지도 그리기

1. 식물 오아시스를 찾아보자. 가까운 식물원이나 화원을 찾아가보자. 나만의 컬렉션, 또는 흥미를 자극하는 온라인 컬렉션에서 식물을 하나 골라보는 것도 괜찮은 방법이다. 마음에 식물 지도를 그리는 가장 쉬운 방법은 한 번에 하나씩 식물에 대해 배우는 것이다.

2. 어떤 식물이 재배되기까지의 역사를 조사해보자. 자신의 상상력을 자극하는 새로운 식물종이 있다면 그 역사에 관심을 기울여보자. 좀 힘든 작업이 될 수도 있으니, 온라인 식물표본집 데이터베이스와 과학 학술지를 통해 그 식물에 대한 학문적 기록이 언제 이루어졌는지 알아보자. 그 식물이 잡종 또는 재배변종이라면 언제 잡종 또는 재배변종이 됐고 언제부터 유통됐는지 찾아보자.

3. 현재 서식지를 알아보자. 능력이 된다면 어떤 식물 판매상들이 그 식물을 유통하고 있는지 알아보자. 이 연습은 해당 식물의 역사, 그리고 시장에서 인기를 끌기까지의 여정을 더욱 잘 알게 해줄

뿐 아니라 식물이 잘 살 수 있는 터전을 만드는 데 도움을 준다. 식물의 종적을 아는 것은 식물과 함께 잘 살아갈 수 있는 가장 기본적인 밑거름이 된다. 우리가 사람을 알아갈 때 그의 과거와 현재를 알면 더 금방 친해지는 것과 비슷하다.

©Homestead Brooklyn

6장

반려식물에 대해
공부하기

때로는 내가 광합성을 할 수 있다면 좋겠다는 생각을 한다.
그럼 단지 존재하는 것만으로도,
들판 끝자락에서 희미하게 일렁이거나
연못 위를 느릿느릿 떠다니는 것만으로도
태양 아래서 조용히 세상의 일을 하고 있을 테니까.
　—로빈 월 키머러, 『향기름새 엮기: 토착 지식과 과학 지식, 그리고 식물이 주는 교훈
Braiding Sweetgrass: Indigenous Wisdom, Scientific Knowledge, and the Teachings of Plants 』

전 식물이란 학문에 깊이 매료됐어요.
식물 덕분에 더 깊은 목적의식을 찾게 됐죠.
　—세라 A. Sarah A.

식물을
만나는 일

도시로 이주하는 사람들이 점점 늘어나면서 식물을 경험하고 마주칠 기회가 점점 줄어들고 있다. 특히 식물을 원래 서식지에서 볼 일은 더더욱 없어졌다. 나무에 올라가기보다는 식료품점 카트에 작은 분재를 넣는 게 더 익숙해졌다. 음식물 찌꺼기로 흙을 만들어 쓰는 대신 식재용토를 묶음으로 구입한다. 자연은 살균을 거쳐 화분에 담긴 뒤 포장되고 치장된다. 우리는 키우는 식물에 대해 공부해야 그 식물에 얽힌 배경과 우리에게까지 오게 된 과정을 이해하고 제대로 인지할 수 있게 되었다.

앞 장에서는 인류가 식물에게 매료되어 식물을 곁으로 데려오게 된 역사적 배경을 살펴보았다. 또한 약간의 역사 지식을 통해 원예가로서 정체성을 확립하고 그 정체성을 강화하기 위한 습관을 들이는 방법을 배웠다. 우리가 반려식물을 제대로 돌보는 습관을 갖게 된다면 궁극적으로 우리와 지구의 관계는 더욱 단단해질 것이다. 반대로, 우리가 반려식물의 인테리어 효과에만 관심을 기울인다면 적절한 습관이 형성되기 어려울 뿐만 아니라 지구와 우리의 관계도 피상적인 수준에 그칠 것이다. 식물의 필요에 진심 어린 관심을 기울이는 자세를 갖출 때 우리는 '식물욕慾'이 아닌 '식물애愛'를, 단순한 '생활 방식' 대신 '삶'을 경험할 수 있다.

　식물을 잘 돌보는 습관을 기르려면 우선 탐구심부터 갖춰야 한다. 식물이 자라는 과정과 잎, 줄기, 뿌리의 특징을 파악하고, 반려식물의 원산지에 대해 배우며, 그 식물이 어떤 환경과 조건에서 잘 자라는지 알아내야 한다. 식물을 집에 가져오기 전에 이 모든 작업이 이루어져야 한다. 식물에 대해 배우는 것은 첫 단계부터 만만치 않다. 초보자들은 다양한 식물 품종과 각각의 필요를 외우려면 숨이 턱 막힐 것이다. 하지만 걱정할 것 없다. 이번 장에서는 여러분이 반려식물에게 최적의 환경을 마련해줄 준비를 갖출 수 있도록 식물을 관리하는 법에 대해 알기 쉽게 설명할 것이다.

식물을 처음 만나는 일은 누군가를 처음 만나는 일과 크게 다르지 않다. 상대방의 이야기를 잘 듣고 물 흐르듯 대화할 줄 아는 사람은 상대방을 이해하는 일도 잘한다. 이 원칙은 식물에게도 통한다. 다만 알다시피, 식물은 우리와 완전히 다른 방식으로 자신의 이야기를 전하고 응답하기 때문에 연마해야 하는 기술이 약간 다르다. 이를 위해 어느 정도 예비 조사를 하고, 식물을 관찰할 시간을 내고, 심지어 자아 탐구와 반성하는 일에 익숙해져야 한다.

본래 서식지 살펴보기

도시에 사는 사람들은 식물들이 플라스틱 화분에 포장되거나 꽃다발로 만들어져 마트 선반에 진열되기 전에 어떤 삶을 살았을지 상상하기 힘들 것이다. 그 식물은 어디서 자랐고, 이곳에 오기까지 얼마나 많은 시간이 걸렸을까? 나는 유튜브 채널 '플랜트 원 온 미Plant One On Me'에 올릴 동영상을 찍으면서 이런 질문들에 대한 답을 찾아냈다. 이 채널에는 아마추어 재배자와 개인 수집가들의 인터뷰 영상을 비롯해 대형 온실과 식물원 방문기가 올라와 있다.

식물 재배자들은 식물이 출시되기 전까지 최대 10년간 완벽을 기한다. '완벽을 기한다'는 말은 사람들의 구매를 유도하기 위해 가장 화사한 나뭇잎 또는 꽃을 엄선하고 선적과 오랜 방치, 주인의 부주의한 행동 등 혹독한 시련을 견딜 수 있는 식물을 선별한다는 의미다. "손님들은 적어도 3개월은 살아남을 수 있는 식물을 원해요." 많은 재배자가 이런 얘기를 한다. 이런 말을 하도 많이 들어서 혹시 재배자들을 위한 판매 매뉴얼이 있는 것은 아닌지 의심스럽기까지 했다. 이것만 봐도 재배자들이 일반 소비자들의 식물 관리 능력을 얼마나 못 미더워하는지 알 수 있다!

육묘장이나 온실 환경에서 발아, 재배, 또는 번식된 실내식물이라 할지라도 그것은 한때 숲속 바닥을 기어가거나, 구불구불 나아가거나, 덩굴 모양으로 뻗어가거나, 돌밭이나 사막 바위에 매달려 자라거나, 심지어 열대우림 지붕에서 나뭇가지를 타고 높이 솟아올랐던 식물종이다. 식물의 자연적 역사를 많이 알수록 식물이 선호하는 조건과 자라나는 방식을 쉽게 이해할 수 있다.

식물들이 자란 자연 생태계를 실내에 그대로 재현하는 것이 불가능해 보일 수도 있지만 온실과 육묘장, 화원에서 볼 수 있는 재배종 실내 식물 500여 가지 중 대부분은 사실 집이나 사무실 환경에 잘 적응하도록 만들어졌다. 동물을 예로 들면, 집비둘기는 원래 야생에서 낭떠러지나 절벽 끝에 살았기 때문에 도시 경관과 고층 건물에 쉽게 적응할 수 있었다. 오늘날 유통되는 대부분의 실내식물은 적도 이북 2575킬로미터, 이남 2575킬로미터 이내에서 서식하던 열대 및 아열대식물이다. 일부는 사막에서 발견되고, 일부는 산비탈의 맨땅에 매달린 채 발견됐으며, 또 일부는 전 세계 삼림이나 정글 하층부의 아롱진 그늘 또는 빛이 저조한 환경에서 발견됐다. 이 식물들은 대부분 일반 가정 환경과 크게 다르지 않은 조건에, 적어도 온도의 경우 상온으로 유지하기 딱 좋은 실내 온도 18~21°C에 적응했다. 또한 일부 선인장과 다육식물은 방치되는 데 익숙하기 때문에 물을 주는 것을 자주 깜빡하는 사람이나 여행을 자주 다니는 사람들에게 좋은 친구가 되어줄 수 있다.

얼마 전에 나는 코스타리카의 수도 산호세에서 48.3킬로미터 떨어진 타판티 국립공원을 하이킹하다가 필로덴드론 베루코줌의 솜털이 보송보송한 잎꼭지와 적갈색 얼룩이 진 밑면, 벨벳 같은 이파리, 몬스테라의 구멍 뚫린 잎과 크림색 망토를 걸친 꽃차례, 착생식물 틸란드시아와 브로멜리아드가 잔뜩 매달려 있는 나뭇가지들을 보고 황홀함을 느꼈다. 이들은 모두 전 세계 화원에서 흔히 볼 수 있는 표본들이다. 아는 식물이 있는 것만으로도 이국적인 장소가 친근하게 느껴진다는 것은 놀라운 일이다. 자연을 들이기 시작하면 집 안이 매력적으로, 그리고 이상할 정도로 친근하게 변해가는 모습에 스스로 놀랄 것이다.

식물의 원산지가 정글이라고 해서 거실을 정글처럼 바꿔야 한다는 얘기가 아니다. 그러나 식물의 본래 서식지가 어디고 그 환경에서 어떻게 자랐는지 등 자연적 역사를 좀 알아두면 식물을 돌보는 데 도움이 된다.

식물의 작용 알아보기

식물은 포유동물에 비해 생리학적으로 단순해 보이지만, 실제로는 동물 못지않게 복잡하다. 수백만 년 동안 식물은 거의 모든 환경에서 살 수 있도록 진화해서 동종을 비롯한 모든 종과 어울려 살 수 있다. 식물은 눈덩이로 뒤덮인 고산 지대와 사막, 땡볕이 내리쬐는 돌밭 등 악천후에서도 잘 자란다. 또한 곤충, 균류, 세균, 바이러스, 새, 동물, 인간, 심지어 다른 식물들에게까지 괴롭힘을 당하며 먹잇감이 됐고, 지금도 그러한 고난이 변함없이 계속되고 있다. 식물들은 강풍, 홍수, 화재 같은 엄청난 힘을 견뎌내는 법을 터득했다. 특히 종자식물 같은 일부 식물은 이런 자연재해를 자손을 널리 퍼트리는 데 이용한다. 자손을 번식시키는 데 있어서만큼은 식물이 인간보다 한 수 위다!

식물들은 명상하는 수도자처럼 제자리에 뿌리를 박고 있지만, 결코 편하게 쉬고 있는 것이 아니다. 우리가 아무 '움직임이 없다'고 느끼는 것이 실제로는 감지하기 힘든(그러나 간혹 인지할 수 있는) 일련의 동작과 생장일 수 있다. 식물은 땅 위에서든, 땅 밑에서든, 심지어 잎과 줄기, 뿌리, 씨앗 속의 세포 수준에서든 활동을 하고 있다. 식물의 땅 위 구조는 눈으로 보이지만 움직임을 감지하기는 힘들다. 때문에 반응이 빠른 식물들, 이를테면 촉각 자극을 주면 겹잎을 안으로 접는 미모사나 20초 내 털을 두 번 만지면 덫을 작동시키는 파리지옥풀은 남녀노소 누구에게나 신기한 놀잇감이 된다.

식물의 땅속 구조, 다시 말해 뿌리는 훨씬 더 이해하기 힘들다. 뿌리를 에워싸고 있는 검은색 흙은 식물이 넘어지지 않게 받쳐주고, 적당한 양의 수분을 공급해 뿌리에 물이 배지 않도록 예방한다. 뿌리와 뿌리털은 수맥탐지기처럼 흙 속을 탐색하며 은밀하게 수분을 찾는다. 식물은 멀리 있는 수원을 찾기 위해 흐르는 물소리 같은 음향 진동을 이용해 수맥을 찾는 것으로 알려져 있다. 그만큼 어두운 땅속 환경에 익숙하다.[27] 흙 속에서 수분을 탐지하고 나면 삼투 현상을 통해 수분과 용해된 영양소를 뿌리털에서부터 줄기, 덧꽃부리까지 쭉 빨아들이는데, 이 과정을 "수액 상승"이라고 한다. 마그네슘, 인, 질소 같은 용해된 영양소, 즉 '양이온'은 식물 세포의 일부가 되어 식물이 효소 생산이나 물질대사 같은 중요한 생명 기능을 하도록 돕는다. 이런 영양분은 인간을 포함해 식물을 섭취하는 동물들에게 전달된다. 그런데도 사람들은 식물에게 전혀 고마움을 느끼지 않는다. 이제부터라도 채소를 먹을 때 식물에게 감사하는 마음을 갖기 바란다.

식물은 땅과 하늘의 결합 조직이다. 식물을 타고 위로 이동한 수분은 '기공'이라는 작은 입술 모양의 구멍을 통해 잎과 (일부 경우) 줄기로 빠져나가는 데, 이를 증산 작용이라고 한다. 잎에서 증발한 이 기체는 실내와 실외의 주변 대기에 습기를 제공하고 물 순환을 촉진한다. 아마존 원주민들은 이를 "하늘의 강"이라고 불렀다. 이 수분은 결국 구름으로 모여 다시 땅에 떨어지고, 이로써 모든 식물종이 의존하는 수원이 형성된다.

기공은 이산화탄소와 산소가 식물에 자유롭게 드나들게 해주는 통로가 되기도 한다. 이 통로를 통해 이산화탄소가 유입되면 이 입자는 빛 에너지에 의해 쪼개진 뒤 물과 결합해 탄수화물과 산소, 잔여 수분을 생산한다. 이런 과정을 촉발하는 빛 에너지는 식물의 잎과 줄기에 들어 있는 녹색 화합물인 엽록소에 의해 흡수된다. 식물의 잎은 빛을 소비하도록 복잡하고 효율적으로 설계되어 있다. 거대한 태양 전지판처럼 낮 동안 태양의 움직임을 추적해 식물 자신은 물론 세상을 움직이는 믿을 만한 에너지원이 되는 것이다. 많은 식물이 휴면기에 들어가는 겨울철이나 건기가 되면 줄기를 통해 탄수화물을 아래로 내려보내 뿌리와 여러 가지 변형뿌리(덩이줄기, 알줄기, 비늘줄기, 뿌리줄기)에 저장한다. 봄철이나 우기에는 비축된 탄수화물을 다시 끌어올리는 데, 이 때문에 우리는 봄에 단풍나무에 상처를 내 시럽을 만들 수 있고 부엌 조리대에 둔 고구마는 덩이뿌리에서 그토록 풍성한 싹을 낼 수 있는 것이다.

식물의 미묘한 속성들을 제대로 인식하면 식물을 돌보는 법을 배울 수 있을 뿐만 아니라 식물이 영위하는 삶의 속도 또한 고려하게 된다. 식물은 느리고 조용하며 무엇보다 복잡한 존재다. 식물을 삶에 들일 때는 되도록 타고난 기질에 맞춰주는 것이 좋다. 세심하게 배려하면 식물은 많이 받을수록 더 많이 베푼다는 사실을 알게 된다. 연습할수록 이런 삶이 자연스럽게 몸에 밸 것이다.

　　만성 통증 때문에 일상생활을 제대로 할 수 없었어요. 그래서 동물은 도저히 키울 수 없어요. 하지만 대신 식물을 키우면서 삶의 활력을 얻고 있답니다. 몸이 좀 불편해도 식물을 키우는 건 문제없거든요. 식물을 보면 왠지 동질감이 들어요. 분명 함께 역경을 극복하고 있다는 느낌 때문일 거예요.

　　　　　　　　　　　　　　　　　　　　　　　─토브 T.

　　올해로 5년째 식물을 기르고 있어요. 정신적으로 힘든 일이 있을 때는 저도 모르게 식물들을 방치하게 돼요. 그러다

시들해진 모습을 보고 제 상태를 깨닫고 나면 다시 열심히 식물을 돌보게 되는 데, 그사이 식물들은 절 어루만져주죠. 정말 멋지지 않나요?

—애나 모건 R.

전 예술가라서 감정 기복이 심한 편이에요. 감정의 롤러코스터를 탈 때 반려식물이 절 잡아주지요. 식물을 돌보는 일은 규칙적인 삶의 의식이 됐어요. 이런 과정이 긴장과 불안을 잠재울 뿐 아니라 식물을 더 잘 이해하도록 도와준다는 걸 깨달았죠.

—토드

나중에 또 얘기하겠지만, 일요일은 내가 삶의 속도를 늦추고 식물을 하나하나 돌보는 날이다. 이 의식은 식물뿐만 아니라 '나 자신' 또한 건강하게 만들어준다. 우리 커뮤니티 사람들의 이야기는 삶의 속도를 늦추는 것이 신체적 질병이나 현대인이 일상에서 겪는 스트레스 또는 마음의 고통을 치유하는 방법임을 알려준다.

식물이 원하는 걸 해줄 수 있는지 확인하기

"훌륭한 마란타네요." 집 근처에 있는 화원에서 나오며 젊은 남자에게
말했다.

그가 멈칫했다. "이게 뭐라고요?"

"마란타요. 흔히 기도하는 식물로 알려져 있죠." 내가 대답했다.

"와, 멋지네요. 사실 무슨 식물인지도 모르고 생김새만 보고 맘에 들
어서 샀거든요."

나는 재빨리 그가 이해하고 기억할 수 있을 만한 단어들을 골라 마
란타 관리 요령을 알려주려고 애썼다. "이 식물은 밝은 빛을 좋아하지
만 직사광선은 피해야 해요. 그리고 습한 환경을 선호하지요. 저녁 시
간에는 마치 기도하는 사람처럼 잎을 접어 올리는 게 보일 거예요. 거
기서 이름이 유래된 거죠."

내 말이 끝날 때쯤 남자의 어깨는 이미 반쯤 다른 방향을 향해 있었
다. 그는 건성으로 "감사합니다"라고 말하고는 마란타를 들고 가버렸
다(이런 얘기를 할 때는 되도록 10배속 빠르기로 해야 한다!).

나는 꽤 오랫동안(12년 넘게) 화원 옆에 산 데다 워크숍도 여러 번 열

었고 화원과 식물원을 수시로 드나들었기 때문에 식물에 관한 대화에 많이 끼기도 하고 엿듣기도 했다. 대부분의 사람은 식물에 대해 거의 무지한 상태에서 화원에 들어가 집 안의 특정한 장소에 딱 어울릴 만한 식물을 사 들고 나온다. 하지만 그것이 공간이나 자신에게 적합한 식물인지는 알지 못한다.

14년째 도시에 살면서 나는 아파트라는 공간이 식물을 키우기에는 별로 적절하지 않다는 사실을 깨달았다. 아파트는 공간이 협소한 데다 빛과 습도가 부족하고 공기 순환이 원활하지 않다. 식물을 키우려는 도시 거주자들에게 "쉽게 죽지 않는 식물은 어떤 건가요?"라는 질문을 자주 듣는 건 이런 환경적인 이유가 클 것이다.

하지만 식물을 잘 키우려면 다른 질문을 해야 한다. 식물에 접근하는 방식을 완전히 바꿔놓는 질문이다. 다음번에 화원에 가거나 온라인으로 식물을 구입할 일이 있으면 어떤 식물과 살고 싶은지가 아니라 어떤 식물이 우리 집에 살고 싶을지 물어라. 우리는 식물을 살 때 심미적 요소를 고려해 "이걸 침실 한쪽에 두면 완벽하겠죠?"라고 말하지 그 식물이 침실 한쪽에서 잘 자랄지는 묻지 않는다. 뿐만 아니라 우리는 세심한 관리가 필요한 식물을 동경하면서도 식물을 관리하는 데 있어서는 상대적으로 '방임주의'를 취한다. 이 두 가지는 공존할 수 없기 때문에 결국 불행한 식물과 불행한 식물 주인만 남게 될 가능성이 크다. 요약하자면, 먼저 식물이 우리에게 원하는 것이 무엇인지 묻고 난 뒤, 그 대답이 내가 원하는 것과 일치하는지, 내가 식물의 행복을 위해 해 줄 수 있는 일인지 확인해야 한다.

자연에 둘러싸이고 싶은 것은 자연스러운 욕망이지만, 자연이 어떻게 작동하는지 배우고 그 지식을 우리 삶에 편입시키는 것은 보통 힘든 일이 아니다. '안'과 '밖'이 명확하고 철저하게 구분된 곳에서는 자연의 아름다움을 집 안과 발코니에 들여놓는 것이 거의 필수처럼 느껴지지만 내가 어렸을 때 했던 것처럼 실내 폭포를 만들고 새 둥지를 집 안에 들여놓는 일은 집을 식물로 장식하는 것과는 차원이 다르다. 모든 것이 완벽해지기까지는 얼마간의 정체기가 존재한다. 하지만 반려식물의 필요에 익숙해지면 이런 어려움은 금방 극복할 수 있다.

식물은 어떤 장소에 존재하는 것만으로도 '생기를 일으키는' 기적적인 능력을 발휘한다. 식물은 곧 생명이기 때문에 문자 그대로나 비유적으로나 공간에 생명을 불어넣는다. 다시 한번 강조하건대 이는 이 책에서 전달하고자 하는 가장 명백한 메시지이다. 식물은 곧 생명이다. 식물에게 생명력이 넘치는 것은 식물이 성장하고 움직이며 호흡하고 대사 작용을 하기 때문이다. 따라서 우리는 식물이 변함없이 생명력을 유지할 수 있도록 노력해야 한다. 식물의 성장과 활동, 호흡, 대사 작용 방식은 인간과 완전히 다르지만, 우리가 식물을 이해하고도 남을 만큼 식물과 우리의 관계가 긴밀하다는 데는 반박의 여지가 없다. 텅 빈 공간에 손님 100명을 들이면 금세 분위기가 밝아진다. 이 공간에 명상가 100명을 데려다 놓아도 느낌은 다르지만 마찬가지로 활기가 돈다. 하지만 화분 100개를 가져다 놓으면 그 배 이상으로 분위기가 확 살아난다! 나만 그렇게 느끼는 것이 아니다.

어렸을 때 작은 소도시에 살아서 자연을 보며 자랐어요. 그런데 대학을 졸업한 후 도시로 이사를 오면서 지금까지 구두 상자 같은 작은 아파트에서 말 그대로 실외공간 하나 없이 살고 있죠. 한 가지 다행인 점은 침실에 큰 전망창이나 있어서 거기에 식물을 두고 키울 수 있다는 거예요. 식물을 실내로 들여놓으니 금세 기분이 좋아지고 집에 활기가 도는 게 느껴지더라고요. 제 룸메이트도 그 모습이 보기 좋았는지 지금은 자기 침실에서 식물을 기르고 있죠!

—주자나 S.

대학에 입학하기 일주일 전, 엄마가 돌아가셨어요. 상실감이 컸고 혼자가 된 것만 같았죠. 그러다 식물을 길러보자는 생각이 들었어요. 손에 흙을 묻히니 놀랍게도 상처받은 제 마음이 치유되는 것 같았어요. 식물을 집에 두자 훨씬 덜 외로워졌죠. 식물은 저에게 진정제 같은 존재예요. 식물들이 함께하는 공간은 더욱 멋져 보일 뿐만 아니라 반려식물이 잘 자라는 걸 보면 기분이 좋아진답니다.

—미그 사전트

예쁜 식물을 보면 무작정 사곤 했어요. 그러다 식물이 죽으면 그냥 내다버렸지요. 부끄러운 얘기지만, 사실 제가 사온 식물들은 하나같이 다 죽어버렸어요. 이상한 소리 같지만, 저는 식물이 잘 자라든지 말든지 전혀 신경 쓰지 않았어요. 식물을 그저 일회용 인테리어 장식물로 본 거죠. 하지만

소셜미디어에서 다른 사람들이 시간 가는 줄 모르고 반려식
물을 가꾸는 걸 보면서 중요한 걸 놓치고 있었다는 생각이
문득 들었어요. 지금은 식물을 다른 관점으로 보게 됐고, 식
물 가꾸기가 제일 좋아하는 취미가 됐어요.

—조셉

식물은 생명이다. 이 말은 우리가 식물의 필요에 귀를 기울이면 식물
이 우리 영혼의 빈자리를 채워줄 수 있다는 뜻이다. 내 말이 이상하게
들리거나 가식적으로 느껴질 수도 있지만, 나는 서로를 돌보고 위로함
으로써 활력소가 되는 것이 식물과 인간의 가장 자연스러운 역할이라
고 믿는다. 예전에는 이런 관계를 명확히 볼 수 있었지만, 산업 중심으
로 사회가 재편성된 뒤로는 상품과 포장이 우리의 공허를 채우고 있다.
이런 점에서 이 책은 나와 우리 커뮤니티 사람들처럼 매주 일요일 단
몇 시간만이라도 느린 속도로 살아보도록 권하는 초대장이라고 할 수
있다.

○

나와 맞는 식물 고르기

식물을 가꾸기 위한 마음 자세를 확실하게 갖췄다면 이제는 어떤 식물이 자신과 잘 맞을지 구체적으로 알아볼 차례다. 이는 데이트를 하는 것과 비슷하다. 마주하고 있는 상대가 자신에게 어울리는 식물이 아닐 수도 있으니(예를 들어, 보기에는 예쁘지만 아주 세심한 관리가 필요한 식물), 올바른 질문을 통해 알아내자. 눈이 가는 식물을 하나 고른 후 지갑을 열기 전에 다음과 같은 질문들을 던져보자.

1. **식물의 원산지를 묻는다**: 식물의 이름을 알아냈다면 그 식물에 대한 조사를 시작한다. 원산지가 어디고 어떤 생태계에서 서식하는지 파악한다. 이를 통해 도출할 수 있는 사실은 무엇인가? (예를 들어, 에콰도르의 열대림 하층부에서 자라는 식물은 햇볕이 들지 않는 곳에서도 잘 자랄 것이다.)

2. **식물의 작용을 알아낸다**: 식물의 생김새를 꼼꼼하게 살펴본다. 예를 들어, 뿌리가 없는지 아니면 잔뿌리나 다육근, 또는 덩이줄기나

비늘줄기 같은 것이 있는지 살펴본다. 틸란드시아처럼 뿌리가 없는 식물들은 이파리에 물을 뿌려주거나 흠뻑 적셔줘야 하지만, 덩이줄기나 비늘줄기가 있는 식물은 1년 중 휴면기에는 아예 물을 주지 않아도 된다. 특정 식물의 작용을 이해하면 자신이 그 식물을 잘 키울 수 있을지 판단하는 데 도움이 된다.

3. **식물이 나와 함께 살고 싶은지 묻는다** : 식물의 원산지와 작용에 대해 확실히 알았다면 식물에게 나의 보살핌을 받으며 잘 자랄 수 있는지 물어본다. 그래야 이 식물과 다음 '데이트'를 기약해도 될지 판단할 수 있다.

©Homestead Brooklyn

(7장)

식물에게
사랑받는 법

정원은 우리가 느긋하게 귀를 기울이고 듣는 곳이다.
그저 가만히 마음을 열고 식물들이 하는 이야기에 영혼을 활짝 열면 된다.
— 가브리엘 하워스Gabriel Howearth, 영속농업인 겸 식물학자

식물을 살아 있는 존재로 바라보고 사랑과 존경으로 대하니
식물이 얼마나 제 영혼을 살찌우는지 알겠더군요.
— 모니카 K.Monica K.

식물에게
필요한 것들

 타마 마츠오카 웡은 산나물과 허브, 향신료, 채소를 수확해 고급 레스토랑에 납품하는 전문 채집꾼이다. 그녀가 식물을 기르고 돌보는 데 젬병이라고 고백했을 때 나는 깜짝 놀랐다. 정확히 자신에게 너무 엄격한 잣대를 들이대는 데 놀랐다. 사실 채집꾼은 금손일 필요가 없다. 그저 예리한 눈만 갖추고 있으면 된다. 재배는 자연이 알아서 해줄 테니까!

 타마는 한 가지 점에서는 분명 전문가다. 식물들이 특정 장소에서 잘 자라는 이유를 귀신같이 알아챈다. 식물은 우리가 발견한 바로 그 자리에서 가장 잘 자라는 경우가 많다. 간혹 그 장소는 우리에게 달갑지 않을 수도 있다(잡초가 어디에서 자라나는지 한번 생각해보라). 이런 걸 알아차리는 것도 식물을 인지하고 이해하는 과정의 일부분이다. 실내에서든 실외에서든 정원을 가꾸기 위해 다음 단계로 나아가고자 한다면 먼저 다음과 같은 질문을 해야 한다. "어떻게 하면 식물이 번성하는 환경을 만들 수 있을까?"

사람들은 식물에게 무엇이 필요한지 생각해보지도 않고 집에 식물을 들이곤 하는데, 식물학자들이 이런 식물에 붙인 이름이 있다고 타마가 일러주었다. 바로 '포로'다. 포로 식물들은 화분이나 우리에 갇힌 채 공급받는 비료와 물로 목숨을 부지해 나간다. "식물이 건강하게 잘 자라고 있다는 건 재생산한다는 것 아닐까? 그렇지 않다면 그건 포로 식물이나 마찬가지지." 타마의 말이다.

식물의 직분 중 하나가 재생산이라면, 즉 새로운 가지를 만들거나 수분을 통해 새로운 종자를 생산하는 것이라면 우리는 식물이 우리가 갖춘 환경에서 번성하기 위해 무엇이 필요한지 물어봐야 한다. 물과 햇빛을 갖추는 것만으로는 충분하지 않다(이것만 잘 갖춰도 반은 성공이지만!). 식물에게 사랑받으려면 대자연이 하는 일을 대신 해줘야 한다. 반려식물은 대부분 화분에 있기 때문에 숲 지붕에서 떨어지는 낙엽, 균류와의 공생, 또는 미생물과 기타 유익한 토양 생물(예들 들면, 지렁이가 있다)과의 다양한 결합이 가져오는 혜택을 누리지 못한다. 따라서 우리가 최적의 햇빛을 찾는 것부터 젓가락으로 흙 속에 공기가 통하게 하는 것까지 식물이 필요한 것을 하나하나 챙겨줘야 한다.

작가 스티븐 해로드 뷰너가 썼듯이, 식물은 공동체 안에 뿌리를 내리는 생물로, 공동체에 의해, 다시 말해 지구의 다른 모든 생물과의 관계 및 상호작용에 의해 식별된다. 뷰너는 "식물은 홀로 있으면 아무것도 아니다"라고 주장했다. 나는 그의 의견에 공감하지만, 자연 생태계의 다양성과 복잡성을 집 안에서 완벽하게 재현하기 힘들다는 것 또한 잘 안다. 하지만 무언가를 기르는 행위 자체가 우리를 훨씬 더 큰 존재와 연결시켜준다는 데는 일말의 의심도 없다.

앞서 설명했듯, 홀로 자라는 식물조차 큰 깨우침을 주는 시초가 되고 그 식물의 자생지를 대표하거나 상징할 수 있다. 식물의 생김새와 생장 방식, 생리 자체는 그 식물이 살던 환경에 대한 통찰을 안겨준다. 이로써 우리의 기원과 다시 연결되고 자연을 더 깊이 존중하며 궁극적으로 자연의 관리인으로서 우리의 역할을 재확인할 수 있다. 그리고 그 과정에서 우리 또한 자연의 보살핌을 받는다. 우리는 식물이 자신의 잠재력을 최대한 발휘하도록 도우면서 우리의 잠재력 또한 발휘할 수 있다! 정말이다. 실내 환경이 결코 자연을 대체할 수는 없지만, 식물을 위한 편안한 안식처를 조성하고 식물이 단지 생존하는 것을 넘어 번영하도록 도울 수 있는 방법은 분명히 존재한다. 이번 장에서는 식물을 우리 삶과 공간에 들일 때 만반의 준비를 할 수 있도록 식물에게 필요한 주요 요소 중 몇 가지를 살펴보려고 한다.

식물과 햇빛

"식물은 왜 초록색이에요?" 친구의 세 살배기 아들이 이렇게 물었을 때 친구의 입술이 "감당할 수 있겠어?"라고 묻는 듯 얇게 포물선을 그렸다.

"식물한테 직접 물어보지 그러니?" 내가 대답했다. "식물은 말을 못 하잖아요!" 아이가 웃는 얼굴로 토실토실한 두 손을 활짝 들어 올리며 꽥 소리를 질렀다. "그건 네 생각이지!" 내가 반박했다.

"우리 집 식물들은 내게 말을 걸어. 단지 소리를 내지 않을 뿐이지.

그러니까 큰 소리로 물어보지 말고 앉아서 관찰해야 한단다."

아이의 물음에 나는 흔히 보는 식물의 '초록색'이 식물이 생존하는 데 중요한 역할을 하는 놀랍고도 복잡한 원리를 떠올렸다. 식물은 '엽록소'라는 색소를 생산하기 때문에 초록색을 띤다고 간단하게 대답할 수 있다. 엽록소는 엽록소 분자의 기능을 활성화하는 정중앙의 마그네슘 이온 때문에 초록색을 띤다. 지구에 떨어진 유성이 녹색이나 청록색처럼 보인다면 그것이 대부분 마그네슘으로 구성되어 있다고 봐도 된다(이런 이유로 나뭇잎은 마그네슘이 부족하면 노랗게 변한다. 마그네슘이 없으면 녹색도 없다. 이 주제는 내가 운영하는 '하우스 플랜트 마스터 클래스'에서 중점적으로 다뤄진 바 있다). 식물 안에 들어 있는 엽록소는 눈에 보이는 모든 빛 파장을 흡수하도록 고안됐다. 특히 빨간색과 파란색 파장을 강하게 흡수하고, 녹색 파장은 활용도가 낮아 우리 눈으로 다시 반사된다. 이 때문에 식물이 녹색으로 보이는 것이다.

식물의 초록빛은 식물이 건강하게 잘 자라고 있다는 신호다. 집 안으로 들어오는 햇빛은 그것이 매우 적은 양일지라도 식물을 어디에 배치할지에 대한 좋은 단서가 된다. 식물이 생장과 생산, 재생산하려면 빛을 섭취해야 하기 때문이다. 북반구의 경우, 남향 창은 가로막는 장애

물만 없다면 햇볕이 잘 들기 때문에 선인장과 대다수 다육식물, 심지어 허브가 자라기에도 안성맞춤이다. 하지만 햇빛의 세례를 잘 견디지 못하는 식물들(종종 잎이 얇고 섬세하다)은 가혹한 태양광선에 맞설 보호막이 없기 때문에 남향 창 앞에 두면 잎이 타버릴 수 있다. 서향과 동향은 대부분의 식물에게 햇빛을 충분히 공급한다. 다만, 정서향 창은 오후에 햇볕이 너무 뜨겁게 들어서 일부 식물이 누렇게 시들 수 있다. 북향은 온화한 간접광선이 비치므로 그늘진 곳에서 잘 자라는 품종들에게 적합하다. 집의 햇빛 조건과 식물의 햇빛 요구도를 알면 거기에 맞는 식물을 찾아 행복한 안식처를 만들어줄 수 있다.

식물에게 닿는 햇빛을 차단하는 것은 식물의 식량원을 차단하는 것이나 마찬가지 행위다. 주로 깊은 숲속 캄캄한 곳에서 자라는 '무엽록소' 식물(엽록소를 함유하지 않은 식물)조차 간접적으로나마 햇빛에서 자양분을 얻을 필요가 있다. 촛농이 흘러내린 것처럼 영롱한 빛을 띠는 착생식물인 수정난풀이 그런 경우다. 팀 버튼 감독의 섬뜩한 영화에 나올 법한 이 식물을 처음으로 봤던 때가 기억난다. 주말에는 늘 그렇듯이 그날도 펜실베이니아 고향 집 가까운 숲에서 놀고 있었는데, 희한하게 생긴 식물을 마주하고는 몸이 그대로 얼어버렸다. 당시 갖고 있던 휴대용 도감을 달달 외워둔 덕분에 나는 그게 무슨 식물인지 정확히 알 수 있었다. 그렇다고 해도 그 식물이 왜 그런 모습을 하고 있는지는 알 수 없었다.

교묘한 방법으로 필요한 햇빛을 얻어내는 식물

수정난풀은 햇빛이 전혀 없어도 생존할 수 있는 3000종의 비광합성 꽃 식물 중 하나다. 캄캄한 숲속 바닥에 사는 이 식물을 집 안에서 키우는 것은 불가능에 가깝다(어렸을 때 한 번 시도해봤지만 실패했다!). 이 식물은 기본적으로 땅속 균근망을 통해 엽록소 식물들에게서 에너지를 빨아들이는데, 이런 특성 때문에 "종속 영양 미생물"이란 이름이 붙었다. 촛농 같은 흰색 화관이 올가미에 걸린 것처럼 푹 꺾인 채 하얀 줄기 위에 축 매달려 있는 유령 같은 모습의 수정난풀은 나무들과 (무당버섯속 및 젖버섯속에 속하는) 균류 사이에 거미줄처럼 얽혀 있는 하얀 섬사 속에 뿌리를 박아 넣는다. 다시 말해, 광합성할 수 있는 너도밤나무와 독미나리의 영양분을 뽑아내 운반할 수 있는 균류, 그리고 나머지 산림 생태계가 없다면 수정난풀을 키울 수 없다.

수정난풀이 필요한 양분을 얻어내기 위해 교묘한 방법을 쓰는 것처럼, 광합성하는 식물들도 태양광선에서 에너지를 흡수하기 위해 온갖 '비책'을 쓴다.

이동식 태양전지판처럼 태양 쪽으로 잎을 움직이는가 하면, 멀리 떨어진 광원에 도달하기 위해 줄기를 길게 늘어뜨리고(이 때문에 일부 식물들은 다리가 호리호리해진다. 이는 줄기 끝에 달린 잎들이 적절한 광원을 찾아 나설 때 줄기가 길어지는 현상을 묘사하는 말이다), 심지어 햇빛의 흡수율을 극대화하기 위해 잎 속에 있는 엽록소가 중심에 오게 한다. 햇빛은 식물이 번성하는 데 필수적인 요소이기 때문에 식물의 생장 속도는 햇빛의 세기와 질, 양, 심지어 시기에 비례한다. 따라서 햇빛을 고려하는 것은 실내식물을 키우는 데 있어 최우선 과제다.

과유불급은 금물

어떤 사람들은 햇빛이 많을수록 식물이 섭취할 양분도 많아질 거라고 생각해 식물이 되도록 많은 햇빛을 쬐도록 해줘야 한다고 생각하지만, 반드시 그런 것은 아니다. 햇빛을 너무 많이 쬐면 식물도 사람처럼 자외선에 탈 수 있다. 어떤 식물은 다른 식물보다 더 쉽게 탄다. 뜨거운 땡볕 아래 사는 식물들은 햇빛 흡수를 최소화하거나 강한 태양광선으로부터 세포를 보호하도록 적응해왔다. 이와 관련, 햇빛을 반사하는 표피가 두꺼운 잎, 수북한 흰색 털, 안토시아닌으로 구성된 천연 자외선 차단제(인간의 멜라닌 색소와 비슷하다) 등 수많은 보호책이 있다. 강렬한 태양 아래서도 잘 견뎌내는 식물로는 흑선인장, 에케베리아, 크라술라, 오푼티아, 테프로칵투스 등이 있다.

다음에 식물을 들여놓는다면 잎과 줄기, 형태를 잘 살펴보고 그 식물이 어떤 환경에서 살다 왔을지 한번 생각해보라. 그리고 식물을 고르기 전에 자신의 아파트나 집, 방의 햇빛 조건을 먼저 고려한 후 선택의 폭을 좁혀 나가라. 식물의 햇빛 요건이 적혀 있지 않다면 육묘장이나 화원의 점원에게 꼭 물어보라.

식물과 물

식물이 물 없이 살 수 없다는 것은 잘 알려져 있는 사실이다. 물을 주는 빈도는 식물에게 주어진 햇빛의 질과 양에 따라 달라지지만, 그 외에도 고려해야 할 요소들이 있다. 이를테면 식물의 종류, 대기 중의 습도, 토양의 배수 상태 같은 것들이다.

예를 들어, 양치식물은 다른 식물보다 많은 수분이 필요하다. 선인장과 다육식물 같은 사막 식물들도 물이 필요한 것은 마찬가지다. 물을 주는 것을 자주 깜박한다는 이유로 손이 덜 가는 선인장을 집어드는 사람들은 이를 명심해야 한다. 내 친구이자 동료인 앨런 슈바르츠(앞에서 말한 모잠비크의 건축가 겸 산림 보호 활동가)는 우리 집에 왔다가 리톱스를 보고 어리둥절한 얼굴을 했다. 조약돌처럼 생긴 이 다육식물들은 카키색 커피 머그잔에 심긴 채 창턱에 놓여 있었다. 그는 '카이치에 클로키'(그가 이 식물을 부르는 호칭)를 집에서 키우는 것을 한 번도 본 적 없다고 했다(남아프리카공화국의 지역 방언인 아프리칸스어로 '새끼 고양이의 발톱'을 뜻하는 이 이름은 이 식물이 새끼 고양이의 부드러운 발바닥을 닮은 데서 유래했다). 그는 남아프리카공화국군에 복역 중일 때 처음으로 이 식물을 만

났던 이야기를 해주었다.

1980년대에 그는 나미비아와 남아프리카공화국에 걸쳐 있는 나마 콸란드에 배치됐는데, 이곳은 사람이 살기 힘들 정도로 매우 건조한 지역이었다. 강수량이 절대적으로 부족한 지역이었지만, 그가 복역하는 동안 드물게도 반가운 비가 한 번 다녀갔다. 다음 날 훈련을 받는데 매끈하고 다채로운 조약돌 같은 것이 보였다. 가까이 가서 주우려고 해보니 땅에 단단히 달라붙어 있었다. 그것은 조약돌이 아니라 식물이었다! 주변을 둘러보니 이 식물이 사막 전체에 흩어져 있었다. 같은 부대에 마침 남아프리카공화국 전원 지역에서 활동하는 변호사인 이등중사 나바르가 있었다. 그는 리톱스를 잘 알고 있다면서 이 식물은 잠깐 내린 빗물만으로도 찬란한 색색의 향연을 펼친다고 설명해주었다.

식물의 80~95퍼센트는 물로 이루어져 있다. 식물이 생존하는 데 있어 물이 얼마나 중요한지 알 수 있는 대목이다. 리톱스는 많은 수분이 필요하진 않아도 간간이 물을 뿌려줘야 한다. 모든 식물은 물이 필요하다. 사막에서 자라는 이끼로 잎 끝에 콧수염처럼 생긴 작은 섬유 조직이 달려 있는 신트리키아 카니네르비스는 안개를 모아 작은 물방울을 만들어 잎으로 보낸다. 물은 식물의 세포 활동을 유지하고 연부 조직에 형태를 부여하며 열을 식히고 영양소를 전달하며 산소를 뿌리로 운반하는 등 많은 일을 한다.

공중식물로도 알려져 있는 착생식물(예를 들면, 틸란드시아가 있다)은 흙 대신 나무나 전화선 같은 것에 붙어 자라지만, 역시 잎에 공급할 대기 중의 수분을 필요로 한다. 숙주 나무의 짐덩이처럼 보이는 이 식물들은 실제로는 고마운 존재다.[28] 착생식물이 붙어 있는 나무는 그렇지 않은 나무에 비해 체온이 더 낮을 뿐 아니라 증발량도 최대 20퍼센트 더 적다. 이렇듯 숙주 나무에게 가습기와 에어컨 역할을 모두 하기 때문에 군식구보다는 친구에 가깝다고 할 수 있다.

일부 식물만 수분을 얻기 위해 다른 식물에게 의존하는 것이 아니다. 우리도 식물의 수화 작용에 의지하며 산다. 식물의 뿌리층이 빨아들인 물은 위쪽으로 이동한 후 잎을 거쳐 대기로 뿜어 나온다. 이는 궁극적으로 지구의 순환 시스템을 구성하는 요소인 대기에 10퍼센트 정도의 수분을 공급한다.

심한 건기에 식물들은 버티기에 들어간다. 몸이 땅에 박혀 있지만, 식물의 뿌리는 캄캄한 땅속을 활발하게 순찰하며 비의 첫 신호를 찾는다. 건강한 생태계에서 특정 식물들은 가뭄기에 '수압 승강기'로 알려진 시스템을 발동하는데, 이를 통해 뿌리가 밤중에 심토층에서 끌어올린 물을 위쪽에 있는 얕은 뿌리에 분배한다. 이런 궂은 일도 마다하지 않는 식물들은 자신의 생장을 촉진하는 것은 물론, 이웃 식물들의 갈증까지 해결함으로써 주변 생태계를 안정시키고 정상적인 기능이 유지되도록 지켜준다.[29] 대부분의 식물은 우위를 점하기 위해 다른 토양 생물들과 우호 협약을 맺기도 하는데, 수분과 양분을 더 많이 확보하기 위해 뿌리와 뿌리털에 균근을 덕지덕지 이어 붙이거나, 질소의 흡수율을 높이기 위해 뿌리혹에 질소고정 세균을 입주시키는 방법 등을 활용한다. 질소는 식물이 생장하는 데 필요한 한정된 영양소 중 하나로, 질소고정 세균의 도움을 받아 식물이 생물학적으로 이용할 수 있는 형태로 전환된다.

물의 생리학적 목적

물은 생장과 대사를 돕는 등 식물이 살아가는 데 필요한 여러 가지 생리학적 목적을 충족시킨다. 지표면을 흐르는 물이 일종의 운송로 역할을 하듯(강을 생각하면 된다), 식물 속을 이동하는 물은 흙과 하늘 사이를 연결하는 도관 역할을 한다. 결과적으로 식물은 칼슘과 마그네슘 등 토양에 들어 있는 자연의 무기물을 유기 화합물로 전환시키는데, 우리는 이를 '영양소'로 섭취해 자양분으로 삼는다(잎채소와 콩과 식물은 뼈 건강에 필수적인 칼슘이 풍부하고, 견과류와 씨앗, 푸른 채소는 우리 몸에서 300번 이상 생화학 반응을 일으키는 데 이용되는 마그네슘의 훌륭한 공급원이다). 실제로 식물에 들어 있는 분자 중 80퍼센트는 물을 따라 식물 속으로 운반된 것이고, 나머지는 이런 무기물을 이용해 식물에서 만들어진 것이다. 무기물이 유기질 영양소로 전환되는 이 과정은 물이 뿌리와 식물 조직 속을 이동하면서 이루어지고, 식물의 팽창과 직립 자세를 유지해주는 삼투압에 의해 처음부터 끝까지 조절된다.

'호흡'도 하고 '땀'도 흘리는 식물

화석 기록에 따르면, 수억 년 동안 식물에게는 '기공'으로 알려진 구멍이 있었다. 기공은 기본적으로 식물의 가장 중요한 두 가지 과정, 즉 광합성과 증산 작용을 조절하는 역할을 한다. 기공은 주로 잎에서 발견되는데, 식물에 따라 열매, 꽃, 줄기, 심지어 뿌리에서 발견되기도 한다. 종종 수집용으로 재배되는 '알비노' 식물은 대체로 기공이 기능하지 않으므로, 잡색 품종을 들일 생각을 하고 있다면 흰색 잎이 너무 많이 달리지 않은 것을 고르는 것이 좋다. 흰색 잎은 광합성과 증산 기능이 떨어지기 마련이다. 결국 식물을 지탱하는 것은 녹색 잎이다. 야생에서 잡색 돌연변이 식물을 많이 볼 수 없는 것은 바로 이런 이유 때문이다. 다시 말해, 이런 식물들은 생존에 적합하지 않다.

제 기능을 하는 기공은 공기 중의 이산화탄소 가스를 흡수하고 산소를 배출한다. 기공은 또한 '증산 작용'도 한다. 식물체 안의 수분이 기공을 통해 수증기 상태로 증발하는 현상인 증산 작용은 땀이 인체의 온도를 식히는 것과 같은 원리로 식물의 체온을 낮춰준다. 식물의 경우, 수분 손실의 90퍼센트 정도는 증산 작용을 통해 이뤄진다. 우리 집처럼 식물이 많은 곳의 실내 습도가 높은 이유는 바로 이 때문이다.

물은 식물이 살아나가는 데 있어 매우 중요한 요소인데, 이렇게 많은 수분 손실이 일어나는 이유가 무엇인지 궁금할 것이다. 거시적 차원에서 증산 작용은 지구의 물 순환과 기후의 안정성을 유지하는 데 매우 중요한 역할을 하며, 식물 공동체 전체가 살아남는 데 알맞은 여건을 유지하는 데도 크게 도움이 된다. 잎과 대기 사이에서 이루어지는 수증기 교환은 국지적 기후를 넘어 지역적, 세계적 날씨와 기후에까지 영향을 미친다. 일례로, 산림 생태계 내의 식물들은 하나하나 힘을 합쳐 생존하는 데 알맞게 환경을 조절하기도 한다. 실내 원예를 할 때 습기를 좋아하는 식물들을 위해 습도를 높이려고 식물을 한데 모아 키우는 것은 바로 이런 이유에서다. 한곳에 모여 있는 식물들은 증산 작용도 함께한다.

증산 작용이 자연 생태계와 그 안의 식물들에게 미치는 결과의 중요성은 2005년 내가 카리브해의 앤티가 섬을 여행하면서 관찰했던 모습으로 설명할 수 있다. 역사적으로 볼 때 이 열대 섬의 기후는 습한 편이었다. 그도 그럴 것이 이곳은 한때 카리브해에서 가장 숲이 울창한 섬 중 하나였다. 하지만 식민지 시대에 사탕수수 플랜테이션을 위해 열대 우림이 개간되면서 기후가 덥고 건조해졌고, 산림을 개간하기 전만큼 비가 잘 오지 않게 되었다.

사실, 식물들은 자신이 살고 싶은 환경을 스스로 만들어낸다. 아마존 대삼림은 수분을 공기 중으로 배출한 뒤 강우 형태로 대지에 되돌려

보냄으로써 삼림에 알맞은 기후 조건을 유지한다. 또한 나무뿌리의 수압 승강 작용은 주변의 다른 식물들에게 수분을 공급함으로써 안정적인 환경을 조성한다. 숲을 밀어내면 이런 물 순환이 깨져버린다. 그 숲에만 영향을 주는 것이 아니라 잠재적으로 세계 다른 지역에서도 가뭄을 일으키게 된다. 상파울루와 미국 남부 여러 지역에서 이 같은 현상을 찾아볼 수 있다. 브라질 지구시스템과학센터 연구원이자 아마존 기후 모델의 권위자인 안토니오 노브레가 발표한 보고서에 따르면, 아마존 우림이 40퍼센트 정도 없어지면 이 지역이 사바나로 변해 결국 베어내지 않은 온전한 산림까지 훼손될 거라고 한다.[30]

지구 전체적인 기후와 지역적인 기후를 조절하는 데 영향을 미치는 것은 대삼림만이 아니다. 숲속 오솔길에서 자라고 있는 이끼 무리조차 습하고 푸르른 자연을 지키는 데 필요한 수분을 유지하기 위해 공기의 흐름을 늦추는 능력이 있다. 생명은 자신의 존속을 위해 저마다 찬연한 방식으로 일한다. 그리고 대개 그 존재를 유지하기 위해 동종은 물론 이종과도 힘을 합친다.

식물이 자신의 필요에 맞게 지역적인 기후 조건을 바꿀 수 있다는 사실을 이해하면 식물이 어떤 강력한 방식으로 환경을 창조하는지, 어떻게 하면 반려식물과 우리 자신을 위해 이런 환경에 영향을 줄 수 있는지 알 수 있다. 겉보기에는 '수동적'이지만 믿을 수 없을 만큼 능동적인 녹색 친구들에게서 우리는 교훈을 얻을 수 있다. 우리 역시 우리의 에너지와 태도, 일상적인 행동들을 통해 우리가 살고 싶은 공동체와 힘을 합쳐 세계를 만들고 있으니 말이다.

이제껏 설명한 식물의 작용이 어떻게 일어나고 왜 일어나는지 알면 식물이 필요로 하는 것은 무엇이고 식물이 자신의 환경(냉랭한 북향 위치 등)에 어떻게 해야 적응할 수 있는지, 또는 어떤 환경에서는 왜 적응하지 못하는 것인지 눈에 보이기 시작할 것이다. 이를 통해 우리는 식물을 더 깊이 이해하고 돈독한 유대 관계를 맺을 수 있다.

식물과 흙

식물의 뿌리와 뿌리를 덮고 있는 흙만큼 살아 있는 파트너십을 잘 보여주는 예는 없을 것이다. 미생물부터 균사체까지 모든 것을 갖추고 있는 흙은 정찰하는 식물의 뿌리를 보호하고, 식물이 닻을 내리고 직립하도록 도우며, 자양분을 공급하고, 공기와 수분을 식물의 뿌리로 운반하고, 식물이 번성할 수 있는 풍요로운 생태계를 마련하는 등 많은 일을 한다.

흙을 보면서 살아 있다는 느낌을 받기는 어렵지만, 사실 흙 속에는 생명이 바글거린다. 그중 대부분은 우리 눈에 보이지 않게 숨어 있다. 비옥한 토양을 깊숙이까지 탐사할 수 있는 고가의 전자 현미경이 없다고 해서 '보기 전까진 믿을 수 없어'라는 태도를 갖는 것은 바람직하지 않다. 건강한 토질에는 미세한 세균, 고세균류, 균류, 선충, 원충이 풍부하게 포함돼 있다.

산림 지역의 건강한 토양에는 찻숟가락 하나(약 4그램)만큼에도 탄소와 질소를 재활용하는 데 필수적인 세균이 1억~10억 마리 정도 살고 있다.[31] 또한 이 찻숟가락 하나만큼의 흙에는 영양분과 잎 성분은 말할 것도 없고 1.6~64킬로미터 길이의 균사, 수십만 마리의 원충,[32] 수백 마리의 선충이 포함돼 있다. 이 미생물들은 모두 식물과 그 묘종들이 원활히 생장하는 데 기여한다.[33] 세균과 고세균류는 식물이 먹을 양분이 용출되도록 돕는다. 균근균은 영양물의 흡수율을 높이고 병원균에 대한 저항력을 키우며 스트레스를 해소하는 데 도움을 준다. 뿐만 아

니라 오염 물질과 벤젠, 포름알데히드 같은 기타 휘발성유기화합물VOC
은 식물로 빨려 올려간 뒤 뿌리와 토양의 경계면에 해당하는 근권根圈
에서 무해한 상태로 변환된다. 뿌리는 캄캄한 땅속에서도 끊임없이 이
동하고 의사소통을 한다. 뿌리는 병원균으로부터 식물을 지키고, 더 나
아가 식물을 보호하기 위해 자체적으로 만들어낸 VOC를 내뿜는다.[34]

그러나 우리는 이렇듯 풍성한 환경과 거리가 먼 화분에서 식물을 키
운다. 야외에서 흙을 가져와 화분에 넣는다 해도 그 흙은 고립된 환경
에서 완전히 다른 방식으로 반응한다. 최악의 경우 식물에게 해를 입
힐 수도 있다. 차라리 살균한 혼합 상토에 유익 미생물과 균근, 영양소
를 추가해 토질을 강화하고, 어느 정도 시간이 지나면 젓가락 등으로
뒤적여 흙의 통기성을 높여주는 편이 낫다. 배수성이 좋은 혼합 상토에
식물을 심는 것은 뿌리에 산소가 일정하게 공급되게 하므로 특히 유용
하다.

물론, 식물에게 이로움을 주는 요소는 이외에도 더 있다. 온도와 공
기 순환(이 두 가지는 온라인에서 운영되는 '하우스 플랜트 마스터 클래스'에서
자세히 다룬다)을 비롯해 논의할 거리가 많지만 햇빛, 물, 흙 세 가지 근

본 요소만 염두에 둬도 식물 집사로 새 출발할 준비를 어느 정도 갖췄다고 할 수 있다. 집에 아직 식물이 없다면 자신의 조건에 맞는 식물을 구입하는 것이 먼저다. 식물을 고를 때는 먼저 앞에서 배운 내용을 떠올려보고, 그런 뒤 식물을 위한 안식처를 만들어보자. 식물을 들여놓은 뒤에는 집 안에서 식물이 어떤 반응을 보이는지 지켜보고, 식물에게 더 필요한 요소나 과한 요소가 없는지, 이를테면 흙에 수분이 너무 많아 뿌리가 질식할 것 같지는 않은지 살펴보라.

식물을 제대로 관찰할 수 있는 한 가지 간단한 방법을 소개한다. 일주일 중 하루를 정해 반려식물에게 집중해보자. 이런 의식은 영혼을 고양시키고 삶에 긍정적인 태도를 취하게 만든다. 반려식물만큼이나 자신에게도 무척 유익한 방법이다. 내 경우 그날은 일요일인데, 나는 매주 일요일을 기쁜 마음으로 기다린다. 물론 다른 날에도 아침마다 집 안을 돌아다니며 물이 필요한 녀석에게 수분을 보충해주고 시든 꽃들을 따내거나 메마른 잎을 떼어내며 반려식물들을 돌본다. 하지만 하루를 온전히 녹색 친구들에게 바치는 일요일에는 식물을 관리하는 것이 일상적인 잡일이 아닌 즐길 수 있는 활동이 된다. 뿐만 아니라 반려식물들의 긍정적인 변화 또는 부정적인 변화를 놓치지 않고 관찰할 수 있다. 나는 매일 반려식물에게서 배움을 얻고, 이렇게 수년간 얻은 지식 중 많은 부분을 지금 여러분에게 알려주고 있다. 그러니 지금 당장 식물을 심어보자.

○

나만의 식물을 골라 키워보기

1. 햇빛을 찾아보자. 집의 창문이 어느 방향으로 나 있는가? 잘 모르겠다면 태양이 어디서 뜨고 어디로 지는지 눈여겨보자. 그래도 모르겠다면 스마트폰에 창문의 정확한 방향을 알려주는 나침반 앱을 깔자. 햇빛이 몇 시에 집 안에 들어오는가? 아마도 아침 햇살은 부드럽고 오후 햇살은 뜨거울 것이다. 햇빛이 집 안에 얼마나 오래 머무는가? 햇빛의 세기가 계절에 따라 바뀌는가? 집에 들어오는 빛의 방향과 질, 양을 알아낸 다음 이러한 조건에서 가장 잘 자랄 수 있는 식물이 무엇인지 조사해보자.

2. 식물을 하나 고른 뒤 관찰하면서 필요한 게 무엇일지 짐작해보자. 다음에 화원을 지나갈 일이 있거든 잠시 들러 식물들을 유심히 살펴보자. 식물 하나를 점찍고 그 식물이 어디서 왔고 어떤 기후, 어떤 조건에서 자랐을지 가늠해보자. 잎이 얇고 점점 가늘어지는가? 두껍고 즙이 많은가? 반질반질한 녹색인가? 아니면 잿빛에 솜털이 보송보송한가? 뿌리가 두꺼운가? 알뿌리가 있는가? 아

니면 뿌리가 얇은 거미줄 형태인가? 이런 특징들을 파악하다 보면 식물에 대해 깊이 알아가고 더욱 세심하게 식물을 관리할 수 있을 것이다.

3. 식물에게 안락한 환경을 찾아주자. 어떤 식물이 자신의 집에 적합한지 골랐다면 이제 최적이라고 여겨지는 장소에 두고 2주 동안 관찰하라. 식물이 어떤 반응을 보이는가? 줄기가 햇빛이 드는 창문 쪽으로 움직이는가? 잎이 점점 더 커지는가? 반응이 신통치 않다면 다른 곳에 배치해보고 거기서는 어떤 반응을 보이는지 관찰하라. 식물을 놓을 최적의 위치를 찾는 일은 때때로 시간이 걸리고 약간의 시행착오가 수반되기도 한다.

식물을 처음 키우는 사람들을 위한 안내서

식물에게 익숙하지 않은 사람은 자신의 집과 생활 방식에 알맞은 식물을 알아내는 데 도움이 필요하다. 이런 경우, 다음 차트가 나침반이 되어 줄 것이다.

- 창턱 햇빛이 무척 강하다 → 나는 식물을 방임하는 편이다 → 선인장이나 대부분의 다육식물(예: 오푼티아, 흑선인장, 아스트로피툼, 에케베리아)

- 창턱 햇빛이 무척 강하다 → 나는 식물에 신경을 쓰는 편이다 → 허브나 특정 꽃 식물(예: 바질, 로즈메리, 박하, 제라늄)

- 약간 직사광선이 든다 → 커다란 식물을 수용할 공간이 있다 → 인도고무나무, 떡갈잎고무나무

- 약간 직사광선이 든다 → 중간 크기의 식물을 수용할 공간이 있다 → 산세베리아 또는 드라세나

- 약간 직사광선이 든다 → 천장 식물을 수용할 공간이 있다 → 트라데스칸티아

- 약간 직사광선이 든다 → 작은 식물을 수용할 공간이 있다 → 세인트폴리아

- 창가가 밝지만 상대적으로 햇빛이 안 든다 → 커다란 식물을 수용할 공간이 있다 → 몬스테라 또는 셰플레라

- 창가가 밝지만 상대적으로 햇빛이 안 든다 → 중간 크기의 식물을 수용할 공간이 있다 → 브로멜리아드 또는 스파티필름

- 창가가 밝지만 상대적으로 햇빛이 안 든다 → 천장 식물을 수용할 공간이 있다 → 스킨답서스 또는 에피프레넘 또는 필로덴드론

- 창가가 밝지만 상대적으로 햇빛이 안 든다 → 작은 식물을 수용할 공간이 있다 → 페페로미아

- 간접광선이 들어온다, 창가에 햇빛이 안 든다 → 나는 식물을 방임하는 편이다 → 아글라오네마 또는 엽란

- 간접광선이 들어온다, 창가에 햇빛이 안 든다 → 나는 식물에 신경을 쓰는 편이다 → 봉작고사리, 아스플레니움(또는 기타 양치식물) 또는 마란타

©Homestead Brooklyn

8장

나만의 녹색 공간 꾸미기

땅을 일구고 흙을 돌보는 법을 잊어버리는 것은
우리 자신을 잊어버리는 것과 같다.

—마하트마 간디Mahatma Gandhi

땅의 아름다움을 생각하는 사람들은
평생 견딜 힘을 비축해두는 것이나 마찬가지다.
반복 재생되는 자연의 후렴구에는 무한한 치유의 힘이 있다.
밤이 끝나면 새벽이 오고, 겨울의 끝에 봄이 찾아온다는 확신을 주기 때문이다.

—레이철 카슨Rachel Carson

이유를 설명할 순 없지만,
반려식물을 돌볼 시간을 내는 게 저에게는 자기 관리의 한 방법이에요.
반려식물들이 없는 집은 저희 집처럼 느껴지지 않을 것 같아요.

—레이철Rachael

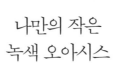

나만의 작은
녹색 오아시스

10여 년 전 버지니아주 윌리엄스버그에서 룸메이트와 함께 살 때는 집 안에 식물이 별로 없었다. 솔직히 말하면, 처음에는 그 도시에서 얼마나 살게 될 지 몰라 식물을 키울 생각조차 하지 못했다.

14년이 지난 지금은 브루클린에 가까스로 뿌리를 내렸다. 옛 철강 건물에 들어선 아름답고 오래된 2차 세계대전 이후 스타일의 아파트에 둥지를 틀고, 친한 친구들과 돈독한 커뮤니티도 형성했다. 인스타그램에서 날 팔로워하거나 내가 올린 유튜브 동영상을 감상하거나 내가 운영하는 마스터 클래스나 워크숍을 수강한 적이 있다면 식물로 가득한 우리 집을 보았을 것이다. 자신은 아름답고, 평화로운 그런 공간을 만들지 못할 거라고 지레짐작하는 사람들도 있을 것이다. 하지만 포기하기는 이르다. 내가 사는 집도 처음부터 이런 모습은 아니었다. 오랜 세월 동안 나 자신의 직관과 흥미를 따르며 많은 시행착오를 거치고 난 뒤에야 비로소 지금의 작은 녹색 오아시스가 만들어졌다.

처음으로 혼자 살게 됐을 때 대부분의 시간을 방구석에 틀어박혀 있는 습관을 깨는 데 몇 달이나 걸렸다. 얼마 후부터는 집을 돌아다니면서 방을 하나하나 탐색하고 손가락 끝으로 창턱의 먼지를 훑고 가구들을 옮겼다. 확 트인 공간을 원했던 나는 침대를 구석으로 밀어버리고 커피 테이블과 보조 책상을 치웠다. 일제 블라인드 뒤에 완전히 가려져 있던 1990년대 스타일의 투박한 텔레비전도 없앴다. 블라인드는 보관해놨다가 덩굴식물 스킨답서스, 골든포토스가 타고 오를 수 있는 격자 구조물로 활용했다. 이 모든 변화는 내가 준비됐을 때 점진적으로 일어났다.

이런 점진적 변화들이 나타난 것은 내가 습관을 키우고 의식을 만들어 나가기 시작한 뒤였다. 이번 장에서는 이에 대해 자세히 이야기해보겠다. 이런 변화를 의식적으로 실천하기 위해 요즘 유행하는 '식물 애호가', '완전 채식주의자', '쓰레기 제로 부대' 회원이 되어보는 것도 흥미로운 방법이다. 그러나 관조는 강력한 무언가로 건강하고 평화로운 마음에서 시작된다. 내 경우 식물을 중심으로 형성된 의식이 주변 환경을 돌보고, 느긋함을 권하지 않는 도시에서 위안을 찾도록 도와주었다.

삶의 중심에 자연을 두니 나를 둘러싼 세계가 뿌리째 뽑히는 순간에도 흔들리지 않을 수 있었다(절대 말장난이 아니다). 몇 년 전까지만 해도 우리 집은 빈티지 가구 복원 매장, 목세공 시설 두 곳, 좀 더 현대적인 강철 공작물 제조 공장에 둘러싸여 있었다. 지금은 스포츠 바와 호화로운 커피숍, 치과, 화원이 차례대로 입주해 있다. 내가 이사 온 뒤 주변이 끊임없이 바뀌고 그 변화 속도도 점점 빨라졌지만, 식물들을 돌보는 내 일상적인 의식은 변함없었기 때문에 집이 주는 안정감은 언제나 그대로였다.

반려식물들의 터전이라는 시각에서 볼 때 내 아파트는 절대 완벽하지 않다. 배관 시설이 잘 작동하지 않고 창문들은 열고 닫기가 불편하며 겨울철이면 찬 공기가 밀려 들어와 방이 냉기로 가득해지는 것을 보면 단열도 안 되는 것이 확실하다. 그럼에도 불구하고 이 아파트는 내가 어디를 가든 맑은 정신과 마음을 갖게 해주는 나만의 녹색 공간이다. 마지막 장에서는 자신만의 녹지 공간을 만들기 위해 어떻게 첫

걸음을 떼야 하는지 그 방법을 알아볼 것이다.

자연과의 연결

일본의 정원은 중국의 전통 정원에서 큰 영향을 받았지만, 일본의 지형과 자연 경관에 영감을 받아 고유의 양식으로 발전했다. 일본에서 가장 오래된 정원에 관한 논문은 11세기에 발표된 '사쿠테이키作庭記'인데, 이는 오늘날에도 정원 디자인에 여전히 영향을 미치고 있다. 예를 들어, 정원의 흐름이나 비대칭성, 돌이나 인공물, 오솔길을 배치하는 방법 등에는 일본 문화 특유의 상징과 사조, 의미가 가득하다. 우리는 그 의미의 층위를 이해할 수 있는 문화적 훈련을 받지 않았기 때문에 근사한 소나무나 만개한 연꽃 정도만 바라보곤 아무 생각 없이 정원을 돌아다니기 쉽지만, 사실 일본의 정원들은 그곳을 산책하는 사람들에게 깊은 성찰과 사고를 불러일으킬 의도로 설계됐다.

예를 들어, 다원茶園은 상징의 천국이다. 찻집으로 향하는 길들은 산비탈을 따라 난 순례길을 해석한 것이고, 정원에 심긴 식물들 역시 그

같은 환경을 나타내기 위해 선택된다. 다실로 통하는 입구 또는 출입문은 들어오는 사람이 몸을 구부려야 할 정도로 낮게 만들어졌는데, 몸을 구부리는 행위는 겸손함을 보여주는 것으로, 물질 세계를 멀리하고 자기 성찰과 사색, 고양된 의식을 가져야 한다는 것을 상징한다. 이처럼 형식을 찾고 인생의 짧은 순간을 기념하는 행위에는 깊은 울림이 있다. 이를 이해하는 것은 가진 것이 없더라도 충만한 삶을 영위할 수 있는 비결이다.

이런 목적을 위해 내가 선택한 날은 일요일이다. 일요일은 내가 정한 '성스러운 날'이자, 내가 반려식물들에게 온전히 헌신하며 화분 갈기, 물 주기, 번식시키기 등 식물을 관리하는 데 따른 온갖 잡일을 즐겁게 하는 날이다. 이날은 성심을 다해 식물을 관찰하는 날이므로 절대로 서두르지 않는다. 바로 이런 이유에서 이날은 약속을 잡지 않는다.

내게 일요일은 '움직이는 명상'을 하는 날로, 나를 속박시키는 모든 생각과 집착에서 멀어지려 노력한다. 이 의식은 내가 정신적, 정서적, 신체적으로 식물을 관리하는 일을 즐기도록 해준다. 위대한 일본 선불교 수도승인 하쿠인 에카쿠白隱慧鶴는 "활동하는 가운데 이루어지는 명상은 고요한 가운데 하는 명상보다 훨씬 더 좋다"고 말했다. 반려식물들을 돌보며 시도해본 결과, 이 말이 맞는 것 같다. 식물 커뮤니티에 있는 많은 사람들도 비슷한 이야기를 해주었다.

스트레스를 받을 때는 식물 하나하나에 눈길을 주고 식물이 필요로 하는 것을 채워주면서 새로 자란 부분이 있는지 확인하는데, 그러면 기분이 확실히 좋아지고 평온해져요. 거실 바닥에 앉아서 제 작은 정글을 바라보면 그렇게 마음이 편안할 수 없어요. 얼마 전에는 실외에 정원을 만들었는데, 정원이나 마당에서 하는 육체노동도 이런 명상이나 기분 진정 효과가 있더군요.

—제시카

반려식물들을 돌보고 있을 때면 고요하고 차분해져요. 마치 의식을 치르거나 명상을 하는 것처럼 머리를 식히고 깊이 휴식하는 것 같다고 할까요. 이제 반려식물 없이 산다는 걸 상상할 수도 없어요.

—세라 A.

최근에 갑자기 건강에 이상이 생기고 개인적으로 소중한 대상을 잃으면서 무척 힘들었어요. 그래도 반려식물들에게 물을 주려고 침대에서 몸을 일으켰죠. 별것 아닌 행동이지만, 이때의 작은 성취감이 두고 두고 떠오르더라고요. 이 사소한 자극에 힘입어 잠깐 동면에서 깨어나 바깥에 있는 우편함에 우편물을 꺼내러 갔어요. 그곳으로 가는 길에 향기로운 과꽃과 핑크 뮬리 그라스 꽃이 활짝 피어 있더군요. 가까이 다가가자 제왕나비 다섯 마리가 주변에서 펄럭였어요. 문득 제왕나비의 이주가 시작되는 계절이라는 게 생각났어요. 좀 더 밖으로 멀리 나가서 수없이 많은 나비를 감상하고 사진을 찍어보자는 생각을 했어요. 그러다가 잡초 한두 포기를 발견하고 뽑았죠. 한 시간이 지난 뒤에도 저는 여전히 밖에 있었어요. 샐비어 주위에서 벌새 한 마리가 날아다니는 것이 보였어요. 저는 정원에 나가보려고 의식적으로 행동하면서 치유를 경험했어요. 원예는 닻을 내리는 활동이에요. 순간에 더 충실하고 제 몸에 집중하도록 도와주지요.

　　　　　　　　　　　　　　　　　　　　　　　—수전 모건

저는 클래식 음악가라서 실내에서 연습하며 보내는 시간
이 많아요. 식물은 차분한 분위기에서 연습에 집중하도록
도와줘요. 그래서 연습할 때는 딴짓을 하고 싶은 유혹을 느
끼지 않도록 식물들을 제 앞으로 옮겨놔요.

—마리사 타카키

내가 반려식물 중심의 일과를 계획한 것은 룸메이트와 살지 않게 된
이후였다. 그녀가 이사 나간 뒤 가구를 팔아치우고 나니 아파트가 갑자
기 휑해졌다. 큰 소리로 말하면 빈 벽돌 벽에 반사되어 메아리가 칠 정
도였다. 이 공간을 채울 만큼 커다란 식물을 들이고 싶었지만, 오래된
로프트(옛날 공장 등을 개조한 아파트-옮긴이)에는 대부분 엘리베이터가 없
었기 때문에 위층으로 운반하기 힘든 큰 식물을 들여오기가 어려웠다.
나는 동네 화원 스프라우트 홈에서 첫 번째 반려식물을 구입했다. 바
로 떡갈잎고무나무였다. 원래는 서아프리카의 저지대 열대우림에 서식
하는 종이지만, 지금은 커다란 잎과 조각품 같은 형태로 사람들을 매혹
시키는 상징적인 실내식물이 됐다. 우리 동네에 들어선 고층 건물 로비
에서도 자주 볼 수 있는 식물이다.

처음 고무나무를 들였을 땐 침실에 두었지만 지금은 작업실이 된 방의 두 남향 창문 사이에 놓아두었다. 그야말로 완벽한 배치다. 햇빛이 잎들 사이에서 반짝이면 눈부신 금빛과 초록빛 잎들이 친숙하면서도 신령한 느낌을 자아낸다. 다른 반려식물들과 마찬가지로, 나는 이 고무나무를 옆에 두고 도저히 딴 일을 할 수 없었다. 대개는 그 순간의 느낌을 꽉 붙들고 지금 내 곁에서 살아 숨 쉬는 다른 존재를 감탄하며 바라봤다. 나무가 그곳에 있는 이유는 우리의 존경과 보살핌을 받고, 그 보답으로 우리를 보살피기 위해서다. 즉, 우리가 마시는 공기를 정화하고 우리의 마음을 차분하게 가라앉히며 말 그대로 자연과의 연결이라는 우리의 오래된 생물학적 필요를 충족시켜주기 위해서다.

자연과의 연결은 중요한 논점이다. 내가 식물을 기반으로 사업을 시작하고 이 책을 쓴 이유이기도 하다. 도시에서 네 개의 벽과 콘크리트 보도, 아스팔트 도로에 둘러싸인 채 살아가는 우리는 실외와 실내, 마음속에 작은 녹색 오아시스를 만들어야 한다. 타마가 말한 '포로 식물' 개념을 빌리자면, 나는 우리가 에덴동산에서 멀리 떠나와 우리 자신을 포로로 만들었다고 생각한다. 굳이 최신 연구 결과들을 끌어들이지 않아도 다들 이에 동의할 것이다. 우리 집을 찾아오는 사람들을 봐도 확인할 수 있다. 조용하고 탐색적이고 집요한 식물들은 우리의 마음속 깊은 곳에서 헤아릴 수 없는 기쁨을 끌어 올리는 힘이 있다. 꼭 살인적인 더위 때문이 아니더라도 사람들은 식물이 없는 거리보다 나무가 늘어선 거리를 선호한다. 이런 거리에 마음이 끌리는 이유는 아름답고 평화롭고 활기를 북돋아주기 때문이다.

내가 두 번째로 들인 반려식물이 무엇인지는 기억나지 않는다. 더는 그런 게 중요하다고 생각하지 않기 때문이다. 첫 반려식물을 사면서부터 꾸리기 시작한 보잘것없는 실내 생태계는 '도시 정글'에서 내가 좋아하는 일을 하면서 자연을 가까이하고 싶다는 소망이 밖으로 표출된 결과였다.

나는 이 도시에서 이토록 오래 버틸 수 있었던 것은 자연을 실내로 들이고 반려식물 중심의 의식을 만들어낸 덕분이라는 말을 입버릇처럼 하곤 한다. 그리고 지금은 내 반려식물들도 이 네 개의 벽을 나처럼 편안한 안식처로 느끼고 있다. 말 그대로 이곳에 뿌리를 내린 것이다. 그것은 나도 마찬가지다.

2016년 여름 이 풍성한 나의 녹색 공간이 입소문을 타기 시작하자 무척 신기했다. 물론 압도적으로 많은 식물이(나는 약 550종, 200개 품종의 식물을 키우고 있고, 개개 표본은 1000개가 훌쩍 넘는다) 이 공간을 꾸미고 있고 아름답기 때문에 많은 사람의 관심을 받았을 테지만 이 공간에 많은 사람이 매료된 데는 훨씬 더 중요한 이유가 있다.

사람들은 왜 식물에게 매료되는 것일까? 우리 집을 명상가들에게 개방해 구경하도록 해주고, 자원자와 행인들에게 우리 커뮤니티 가든을 안내하고, 공적으로나 사적으로나 온라인 식물 워크숍을 여는 등 식물과 관련된 활동을 하면서, 나는 더 큰 의문을 품게 됐다.

> 저는 불안만큼이나 계절성 우울증도 심해요. 어디선가 읽었는데 식물과 양초, 부드러운 유기농 직물을 집 안에 두면 따뜻한 느낌, 즉 '휘게'를 쉽게 연출할 수 있다고 하더군요. 그래서 식물을 수집하기 시작했고, 이미 키우고 있던 식물들을 더 잘 보살피게 되었어요. 덕분에 눈이 즐거워졌을 뿐만 아니라 제가 식물 돌보기를 즐긴다는 사실도 알게 됐죠.
>
> —케이티

식물을 돌보다 보면 만족감을 느낄 수 있어요. 식물이 성장하는 모습을 지켜보면서 식물이 좋아하는 것과 싫어하는 것을 알게 된다는 건 아주 멋진 일이죠. 방 안에 들어가 반려식물들을 보면 가슴이 살짝 두근거립니다. 모두 제 자식들 같아요.

—알렉시스 오티즈

살고 있는 아파트가 그리 좋은 데가 아니라서 좀 더 '살고 싶은' 곳으로 만들어보자고 결심했어요.

첫 번째로 한 일은 식물을 몇 그루 들이는 거였는데, 깜짝 놀랄 정도로 집 안에 생기가 돌더라고요! 지금은 공간이 허락되는 데까지 식물을 가득 들여놨어요. 지금까지 내가 필요로 했던 게 이런 거였구나 싶더라고요. 안전하고 따뜻하면서 집에 온 느낌이 들게 하는 대상이 필요했던 거죠.

—줄리어스 R

사람들은 (수백 그루는 차치하더라도) 하나의 식물을 오래도록 키워내는 내 마법 같은 솜씨에 매료되기도 했지만, 그것은 피상적인 경이로움에 지나지 않는다. 사람들은 내 반려식물들이 연출하는 독특한 공간감, 즉 집의 느낌에 강력한 매력을 느꼈다. 사람들은 식물을 가꾸는 것은 곧 자신이 살고 싶은 환경을 만드는 것이고 이로써 자신의 영혼을 살찌울 수 있다는 생각에 공감한다. 이는 단연코 식물이 우리에게 줄 수 있는 삶의 선물이다.

식물이 선사하는 편안함, 차분함, 창조성

매일 아침 잠에서 깨면 반려식물들이 내게 인사를 건넨다. 언제나 그 자리에 있기 때문에 이들을 생각하지 않는 것은 거의 불가능한 일이다. 식물들은 벽과 가구의 연장선이라 해도 될 만큼 내 아파트에서 붙박이 같은 존재다. 내가 반려식물들을 '살아 있는 예술품'이라고 치켜세우는 것은 바로 이런 이유에서다.

　대자연의 아름다움을 의심하는 사람은 아무도 없다. 우리는 그 이유를 설명할 수 없어도 돌돌 말린 어린 이파리와 솔방울, 해바라기에 담

긴 질서에서 아름다움을 느낀다. 자연은 인류 문화가 시작된 이래 고대 메소포타미아와 이집트인의 식물 묘사부터 허드슨 리버 화파의 화가들에게 이르기까지 위대한 예술에 영감을 주었다. 정원에 대한 11세기 일본 논문인 '사쿠테이키작くていき'에는 다음과 같은 개념이 제시되어 있다.

> 일본의 유명한 풍경들을 마음속에 그려보고 그 풍경의 흥미로운 점들을 생각해보라. 이런 풍경의 본질을 정원에 재현하되, 풍경 그대로가 아닌 그 해석을 담아내라.

이 문장은 자연에서 영감을 얻어 식물을 심되, 자연을 그대로 따라하지는 말라고 가르친다. 이때 인간의 해석은 예술이 된다.

그런 의미에서 우리 집은 자연을 길들인 모방작이 아닐까? 자연이 벽돌과 유리, 시멘트로 만든 상자 안에서 인간의 손길을 느끼며 자란다면 그것은 자연 본래의 모습을 진열해서 보여주는 일종의 예술적 시도라고 할 수 있다.

하지만 그림이나 조각품과 달리 내 아파트에 사는 녹색 생명들은 변화무쌍하다. 그리고 뒤집어 생각해보면 자연이라는 존재 안에 있다는 것 자체가 창조성을 불러일으키고, 그 결과 자연의 복제품과 반향이 생겨난다고 할 수 있다. 자연에서 감지되는 강하면서도 고요한 에너지는 과학같이 정량적인 측면에서 보더라도 엄청난 창조력을 갖기 때문에 우리 인간이 늘 존재하지만 잘 인지되지는 않는 어떤 잠재의식적 힘과 맞닿아 있다는 것은 부인할 수 없는 사실이다. 우리의 창조품은 '발견'과 '발명'으로 인식되지만, 이는 우리 안에 이미 '완벽한 것'으로 자리 잡은 대상을 재해석해 재창조한 것에 지나지 않는다.

우리 주변을 자연의 아름다움으로 채우면 확실히 평온함이 찾아온다. 1년에 대략 네 번 정도 나는 도시 사람들을 위해 우리 집을 명상 장소로 내주는 데, 처음 방문한 사람들은 현관문 앞에서 신발을 벗으려다가 엄청난 양의 식물을 보고는 그대로 멈춰 선 채 입을 떡 벌리기 일쑤다. 대체로 이런 방문객들은 새로운 생각과 식물을 삶에 들이고 싶다는 소망을 안고 내 공간을 떠난다. 나의 녹색 공간은 각 식물이 '제자리에 있는' 듯한 느낌으로 연출돼 있어 압도적이지는 않지만 경외심을 불러일으킨다. 커다란 몬스테라는 이끼로 뒤덮인 기둥을 타고 오르고, 스킨답서스는 전신 거울 주위에서 폭포처럼 쏟아져 내리다가 어느새 반대쪽 면을 잽싸게 타고 올라간다. 다양한 종의 스킨답서스와 필로덴드론은 경목 기둥을 중심으로 모여 구불구불 줄기를 뻗치고, 아이비는 벽의 균열 또는 틈새마다 거친 붓 같은 잔뿌리를 박아 넣고 눌러앉았다. 식물들도 나 못지않게 이 공간을 자신들의 터전으로 삼은 것이다. 이 모습을 조금이나마 다른 사람들과 나눌 수 있어서 행복하다.

식물은 선천적으로 평화로운 생물이거나, 아니면 그 본성이 평화로움을 불러일으키는 것 같다. 집에 식물이 있는 사람이라면 이 같은 사실을 잘 알 것이다. 식물을 직접 키워본 사람이라면 실내식물이 우리에게 편안함과 차분함, 심지어 창조성을 선물한다는 확실한 증거가 있다는 말에 놀라지 않을 것이다. 이러한 사실에 입각해 에드워드 윌슨이 대중화한 이론에 따르면 사람들에게는 선천적으로 자연과 어울리려는 성향이 있는데, 이를 '생명애'라고 한다. 요약하자면, 우리는 자연 곁에 있기를 원하고, 마음속 깊은 곳에서 자연을 집처럼 편안하게 느낀다는 것을 알고 있다. 식물과 함께하는 삶을 선택한 이들에게 그것은 은유적, 정신적 에덴동산으로 돌아가는 길과 다름없다.

연대감을 고취시키는 자연

"성함이 서머 레인이시네요." 언젠가 우버 택시를 탔을 때 운전사가 내게 말했다. 질문한 것인지, 사실을 말한 것인지 알 길이 없었다. 그의 눈은 아련하게 먼 곳을 응시하다가 이내 반짝이며 거울 속의 나와 시선을 마주쳤다.

"맞아요. 너무 반갑게 말씀해주시네요!" 내가 대답했다.

"그게 말이죠." 그가 미소를 지으며 오른쪽으로 몸을 돌렸다. "전 인도 출신인데, 그곳에서는 첫 여름비를 축하하거든요. 첫 여름비에서는 특별한 냄새가 나지요. 달콤한 흙냄새 말이에요."

나는 그가 그토록 그립게 이야기하는 그 향기를 잘 알았다. 인도에 가서 직접 첫 여름비를 맞아본 것은 아니지만, 나는 목가적인 풍경의 펜실베이니아주 북동부에서 자랐다. 식물이 풍부하고 독특한 지질학적 역사를 간직하고 있는 펜실베이니아의 숲은 식물에게 흥미를 느끼는 아이에게 더 없이 좋은 곳이다. 나는 집 뒤에 있는 숲을 들쑤시고 다니는 걸 좋아했다. 눈이 녹는 계절이면 아메리카얼레지 같은 봄살이 식물들이 얼굴을 내밀었다. 아메리카얼레지는 바닥에 어룽거리는 햇빛처럼 얼룩덜룩한 적갈색 이파리들 사이로 줄기가 곧게 솟아나고 그 줄기 위로 예쁜 샛노란 보닛 모자가 별똥별처럼 걸려 있는 식물이다. 나무들에게서 돋아난 통통한 연둣빛 새싹들이 왁스로 광을 낸 군화처럼 빛을 발하며 공식적인 봄의 시작을 알렸다.

내가 가장 좋아하는 계절은 이슬에 흠뻑 젖을 수 있는 가을철이었다. 가을은 대지의 풍만한 가슴에 부식질 진미가 가장 많이 쌓이는 시기다. 벌거벗은 앙상한 줄기에 넝마로 만든 노란색 리본처럼 묶여 있는 버지니아풍년화 꽃들이 은은한 향으로 공기를 가득 채웠고, 겹겹이 쌓인 채 전날 밤 내린 비에 축축해진 낙엽들이 내 오래된 모카신 바닥에 들러붙었으며, 깊고 진한 부엽토 향기가 흙 내음의 아르페지오를 이루듯 풍겨 올라와 내 폐 속에 들어찼다.

축축한 대지는 그 냄새가 소믈리에 명인이나 감별할 수 있는 고급 와인의 향만큼이나 복잡하고 다양하지만, 그 바탕을 이루는 본질에는 혼동의 여지가 없다. 참 신기하게도 내가 이 냄새와 재회한 것은 숲이 아니라 남아프리카공화국 케이프타운에 있는 한 향수 제조업자를 방문했을 때였다. 프레이저 파펑의 타미 프레이저는 내게 세상에서 가장 좋아하는 냄새가 무엇인지 물었다. 나는 계절마다 숲을 산책할 때 맡는 향기를 묘사했다. 그녀는 카운터 뒤에서 잠시 이리저리 움직이더니 서랍에서 작은 유리병을 들어 올렸다. "'지오스민'(탄소, 수소, 산소로 만들어져 흙냄새를 내는 원인이 되는 천연물질-옮긴이)이에요." 그녀가 설명했다.

'낭만적인 이름은 아니군.' 나는 속으로 생각했다. 향을 맡아보니 바로 그 냄새였다. 펜실베이니아의 숲을 산책할 때 맡았던 냄새가 병 안에 담겨 있었다. 그런데 알고 보니 '지오스민'은 내가 자란 숲에서만 나는 냄새가 아니었다. 말 그대로 '흙내'를 뜻하는 그리스어에서 유래된 '지오스민'은 흙 자체가 아니라 흙 속이나 수생 환경에서 사는 미생물, 조류, 균류에 의해 만들어지는 향이다. 그중에서도 방선균류와 점액세균은 흙 속에 가장 흔하게 퍼져 있는 미생물이다. 건기가 되면 이 미생물들이 고사리의 포자처럼 점균포자를 퍼트리고, 이 점균포자는 바람, 동물의 발, 깃털 또는 털 등 아무것에나 쉽게 무임승차한다. 더 놀라운 사실은 빗물이 대지의 바싹 타들어간 목구멍을 적시면 미생물들이 곧장 부산물을 한가득 토해내 토양을 비옥하게 만든다는 것이다. 점액세균은 부패하는 물질을 흡수해 토양 표면에 얇은 점액막 같은 끈적끈적한 덩어리를 형성하고, 방선균류는 균류처럼 방대한 균사체를 키워내 식물 뿌리와 공생한다. 즉, 식물이 제공한 당분의 작은 대가로 질소를 고정한다. 진정한 의미의 상부상조라고 할 수 있다.

흙냄새를 근대, 버섯, 잉어, 조개에게 전하는 것이 바로 이 미생물들이다. 미생물은 인간과 동물의 건강을 위해 풍부한 항생물질을 만들어낼 뿐만 아니라, 식물을 보호하고 보조한다는 점에서 많은 농약과 살충제의 바탕이 되기도 한다. 또한 미생물은 얼음으로 뒤덮인 남극 대륙부터 열대 지방까지, 해수면부터 가장 높은 산 정상까지, 빽빽한 열대우림부터 심지어 먼지바람이 부는 사막에 이르기까지 지구 어디에서나 발견된다. 이 때문에 이 '흙내'가 전 세계적으로 비 온 뒤의 특징을 대표하는 향기가 된 것이다. 냄새에 유독 민감한 사람도 있지만, 평범한 사람들은 0.7ppb(10억분율)의 '지오스민'을 탐지할 수 있다. 아무리 극미한 양이라도 감각을 자극하고 태곳적 기억을 불러일으키기 때문에 오랜 가뭄이 끝난 후 최초의 인류를 가장 가까운 식량원으로 안내한 것이 이 향기라는 가설도 제기됐다.

택시 운전사와 나는 서로 1만 2874.8킬로미터 떨어진 곳에서 성장했지만, 그럼에도 불구하고 흙냄새처럼 평범하면서도 묘하게 복잡한 것을 공통적으로 경험했다는 데서 기쁨을 느꼈다. 하지만 어릴 적 그 흙냄새를 다시 맡기 위해 도시에서 숲을 산책하지는 않는다. 택시에서 내린 나는 그 운전사가 조국을 떠나온 뒤 풋풋한 흙냄새를 맡아본 적이 있을지 문득 궁금해졌다.

친구 사귀는 걸 좋아하는 사람에게는 이러한 경험들이 다른 사람들과 뜻밖의 동지애를 형성할 수 있는 계기가 된다. 물론 집 안을 식물로 장식하는 데서 그치는 경우가 많지만, 인간의 사회적 특성을 고려할 때 우리 중 다수는 이런 경험들을 다른 사람들과 공유하고 싶어 한다. 소셜 네트워크는 이야기를 공유하고 다른 사람들에게 영감을 받을 수 있는 활발한 공간이지만, 이런 교류는 엄밀히 말해 모바일 기기나 데스크톱에만 존재하기 때문에 소셜미디어를 통해 깊은 관계를 발전시키기가 어려울 수도 있다.

어느 날은 인스타그램에서 나를 팔로우하고 내가 팔로우하는 사람들이 오프라인에서 만나는 데 흥미가 있을지 궁금해서 글을 하나 올렸다. 식물을 주고받는 교환 행사에 참여할 의사가 있는지 묻는 글이었다. 정말 놀랍게도 50명 이상이 답변을 주었다. 그렇게 시작된 교환 행사는 그 뒤로도 몇 번이나 열렸다. 뉴욕에서만 열린 것이 아니다. 이 교환 행사는 다른 사람들이 세계 각지에서 비슷한 이벤트를 열도록 영감을 주었다. 식물 교환은 사람들을 모으는 훌륭한 방법으로, 원하면 약

식으로도 할 수 있고 정식으로도 가능하다. 규칙은 아주 단순하다. 기쁜 마음과 함께 병충해가 없는 식물을 하나 이상 화분에 심거나 맨 뿌리 상태로 챙겨오면 된다. 식물을 교환하고 싶으면 교환하고 싶은 사람과 이야기를 나눠야 한다. 그러면서 유대 관계와 우정을 쌓을 수 있다. 결과적으로 행사의 의미는 점점 커졌고, 기기 반대편에 있던 사람들과 더 긴밀한 연결 고리를 갖게 됐다.

우리 커뮤니티 가든 역시 사람들이 모이는 만남의 장소다. 마치 조각보처럼 참여와 아이디어를 조각조각 누벼 만든 커뮤니티 가든은 정원을 일구고 유지하기 위해 노력하는 사람들의 개인적, 집단적 노력이 매력이라고 할 수 있다. 실내 정원을 가꾸지 않았다면 커뮤니티 사람들과 만나 공동 정원을 꾸리는 즐거움을 알지 못했을 것이다. 이런 유대 관계 덕분에 나는 내가 맡은 구역뿐만 아니라 정원 전체에 도움을 주고 싶다는 더 큰 자극을 받았다. 앞에서도 얘기했듯, 우리가 살고 싶은 커뮤니티는 우리 스스로 만들어야 한다는 것이 내가 배운 교훈이다.

식물에 대해 공부하기 시작하면서 피난처를 찾게 되었어요. 식물 관리 방법, 원산지, 번식 방법 등에 대해 알게 됐지요. 그러다가 인스타그램에서 식물 커뮤니티를 찾아내고 식물 얘기를 할 동네 친구들도 몇 명 사귀었어요. 식물들 안에서 진정한 나를 발견하게 된 거죠. 진정한 취미가 생긴 것 같아 기뻐요. 이 취미에 몰두하며 시간을 보내다 보면 일을 하면서 받는 스트레스가 해소된답니다. 식물들 덕분에 삶에서 행복을 느끼게 되었어요.

—사브리나

전 평소에도 식물을 좋아했지만 식물 사랑이 더욱더 커진 건 온라인과 오프라인에서 만난 실내식물 커뮤니티 사람들 덕분이에요. 2017년 10월에 처음으로 식물 교환 행사에 참여해 식물 몇 그루를 주고받았는데, 그 식물들이 자라는 모습을 볼 때면 식물들을 줬던 사람들이 떠올라요.

—새미

전 하루에도 몇 번씩 느닷없이 감정이 오르락내리락해요. 그런데 식물을 집에 들인 후로는 정말 오랜만에 말할 수 없는 평온함을 느꼈어요. 식물들은 저를 행복하게 해줄 뿐 아니라 침대 밖으로 나올 동기를 줘요. 그리고 가장 중요한 사실은 식물 커뮤니티만큼 저를 따뜻하게 맞아주는 커뮤니티가 없다는 거죠.

—엘리 랭

자신의 삶에 식물을 초대하는 데 성공했다면, 거기서 멈추지 말고 생각이 비슷한 사람들로 이루어진 커뮤니티를 만들거나 가입해보는 것은 어떨까? 이는 주로 실내에서 생활하는 현대인들이 외로움과 맞서 싸우는 한 가지 방법이다.

식물에게 배운 교훈

이 책을 쓰는 동안 나는 친구이자 동료인 앨런 슈바르츠의 전화를 받았다. 군인으로 복무할 때 나미브 사막에서 리톱스를 발견했다던 건축가 겸 산림 보호 활동가 친구 말이다. 지금은 예전만큼 자주 전화를 하지 않기 때문에 전화가 올 때는 정말 중요한 용무가 있는 것이다.

앨런은 누군가 또는 무언가 어려움에 처한 것을 보면 가만히 있지 못한다. 자신이 하는 일을 한참 얘기하다가 눈물을 글썽이는 모습도 자주 봤다. 앨런의 일은 무척 보람되지만 그러면서도 보상은 없는 고된 일이다. 그 일을 떼어놓고 앨런을 생각할 순 없다.

내가 탁자 앞에 앉아 글을 쓰고 있는데, 그가 전화를 해 고민거리를 털어놓았다. 앨런의 목소리에 자긍심과 함께 옅은 패배감이 묻어났다. 나는 그가 느끼고 있는 감정을 마음 깊이 이해했다. "정부 사람들이 다 도둑놈인 건 당신도 잘 알 테니 길게 말 안 할게요." 그는 이 말로 자신의 이야기를 시작했다. "이 일을 계속 해야 할지 고민되는군요." 그는 짧게 한숨을 쉬었다. "나도 점점 나이를 먹고, 그럼 언제까지 이 일을 할 수……."

나는 앨런의 말을 끊었다. 그가 입 밖에 내려는 말을 듣고 싶지 않았기 때문이다. 20년을 바쳐 해온 필생의 사업을 포기한다는 것은 그에게 팔을 잘라내거나 첫 자식을 내놓는 것 같은 느낌일 것임을 알 수 있었다. "9월이 끝날 때까지 좀 더 고민해보는 건 어때요? 머릿속을 정리하면서 현실적으로 무엇이 가장 중요하고 실현 가능한지 생각해보세요."

앨런 같은 사람은 100만 명 중 한 명 있을까 말까 한 사람이 아니다. 1억 명 중 한 명, 아니 5억 명 중 한 명 있을까 말까 한 사람이다. 그는 산림이 훼손된 지역에 나무들을 재이식해 땅을 보존하고 치유하는 일을 한다. 그럼으로써 그 지역에 살던 토종 식물들이 생존하고 번성할 수 있도록 돕는다. 나도 앨런을 도와 씨앗을 수집하고 묘종을 심고 기름을 압출한 적이 있지만, 앨런이 그 땅과 그곳에 사는 식물과 주민들에게 바친 수십 년간의 노고와 애정, 끈기에 비하면 내가 한 일은 정말 아무것도 아니다.

감히 말하는데, 앨런이 식물들과 그 생태계에 보인 관심과 사랑은 이 책을 집어들거나 선물받은 우리 각자에게도 존재한다. 우리는 앨런과 같은 일을 할 역량이나 마음가짐을 갖추지 않았고, 심지어 내가 말하는 이런 생태계를 알아볼 능력이나 기회도 없었지만, 이제는 우리 모두가 자신이 무슨 일을 하는지와는 상관없이 자신과 타인의 삶에 긍정적인 변화를 만들 수 있는 위치에 있다는 사실을 인식해야 한다. 식물들이 가르쳐주는 교훈을 배불리 배운 지금은 더더욱 그렇다! 세상에는 우리가 사랑하고 미처 사랑하지 못한 수많은 식물을 보존하는 데 일생을 바친 앨런 같은 사람이 별로 없을 수 있고, 식물을 기르는 사람이 그리 많지 않을 수도 있다. 하지만 내가 아는 한 식물 애호가는 많이 있고 앞으로도 많이 나타날 것이다. 그리고 우리 각자는 개별적으로, 때로는 힘을 합쳐 긍정적인 변화를 일으킬 수 있다!

자연은 우리에게 큰 선물을 주지만, 필요할 때 도움을 조금 얻는 것 빼고는 그 대가를 요구하는 일이 드물다. 세상의 모든 실내식물은 절대로 자연을 대체하지 못한다. 그러나 원산지에서 우리에게까지 오게 된 과정을 이야기해주고, 우리의 호기심을 자극해 화원 너머에 있는 더 큰 세계를 볼 수 있는 렌즈가 되어준다. 심지어 조용하고 은근한 방식으로 우리가 더 좋은 지구의 지킴이가 될 수 있도록 자극한다. 이것이 내가 식물에게서 배운 중요한 교훈 중 하나다. 내가 사람들에게 그냥 집에서 녹색 식물에게 둘러싸여 있을 것이 아니라 집 밖으로 나가 커뮤니티에 들어가고 더 큰 세계를 만나도록 독려하는 것도 이런 이유 때문이다. 사방의 벽을 넘어 더 넓은 세계를 안식처로 삼고자 한다면, 우리에게 평온함과 집의 느낌을 선물하는 식물들을 키우는 것보다 더 좋은 출발점은 없다.

감사의 말

세상에 혼자 힘으로 만들어지는 책은 없다. 『도시 속의 월든』도 예외는 아니다. 우선 소중한 친구이자 저작권 대리인인 토니 가드너에게 큰 감사를 전한다. 언제나 나를 지지해주고 항상 귀중한 시간을 내서 내 말에 귀 기울여주는 친구다. 그는 매번 "다 서비스의 일환이죠"라고 말하지만 늘 그 이상을 해줬다. 그와 일하는 것만으로도 더 많은 책을 쓸 의욕이 생긴다!

초기에 도움을 준 동료 작가 스타 바르팅에게 감사하다. 작가는 종종 자기 글에 익숙해져 오점을 보지 못하는데, 직접 자문관이 되어 비평을 해줘서 무척 고맙다.

파트너이자 창작 동료 겸 친구인 산데르 반 딕에게 진심 어린 감사를 전한다. 끝없는 식물 얘기를 참고 견뎌줬을 뿐 아니라 다방면으로 내 열정을 응원해준 사람이다! 수년간 한없는 친절과 너그러움, 지지를 보여준 그에게 큰 빚을 진 것 같다. 데이먼 호로비츠는 처음에 내가 인스타 계정 '홈스테드 브루클린Home-stead Brooklyn'을 시작하도록 격려해준 사람이다. 그의 제안이 없었다면 이 책은 형태를 갖추지 못했을 것이다. 그리고 절친한 친구이자 창작 동료인 조이 L.은 우리가 집이라 부르는 이 대도시에서 가족 같은 존재가 되어주었다.

옵티미즘 프레스 팀도 빼놓을 수 없다. 먼저 친구이자 동지인 사이먼 사이넥에게 고맙다. 택시를 기다리던 줄에서 우연히 얘기를 나눈 일이 우정과 협업으로 발전할 줄 누가 알았겠는가! 서로를 알아가는 동안 그는 늘 지지를 아끼지 않았다. 나를 믿어주고 자신의 임프린트에서 이 책을 내도록 해줘서 감사하다. 그리고 내 담당 편집자인 레아 트로보스트는 내가 나무가 아닌 숲을 보고 이 책을 더 잘 쓰도록 격려해줬고, 그러면서도 내 모든 제안을 놀라울 정도로 열린 마음으로 받아줬다. 나와 한배를 타는 결정을 해준 토니 시아라 포인터에게도 영원히 빚진 기분이다. 그는 시간을 내서 내 생각을 들어주었고, 이 책이 지금의 형태를 갖출 수 있도록 민감하고 핵심적인 측면들을 종합적으로 다루는 데 도움을 주었다. 또한 에이드리언 잭하임, 헬렌 힐리, 크리스토퍼 세르지

오, 매들린 몽고메리, 마리솔 살라만, 타라 길브라이드, 올리비아 펠루소, 진 하르터흐, 샐리 냅, 메러디스 클락, 가브리엘 레빈슨, '나는 왜 이 일을 하는가'팀, 그 밖에 내가 아직 만나지 않았거나 이름을 빠뜨렸을지 모를 모든 분께 고마움을 전한다!

부득이하게 이 책에 이름을 올리지 못한 사람들을 비롯해 이 책을 위해 인터뷰했던 모든 사람에게 특별한 감사를 전한다. 그중에는 피터 프라이시넷 윌리엄 크레펫, 애나 스탈테르, 로런스 맥크리, 채드 허스비, 채드 데이비스, 먼더 유네스, 브루스 버그비, 리처드 레너트, 스티브 로젠바움, 밥 호프바우어 등이 있다. 그리고 그동안 인연을 쌓은 교수님들과 멘토들이 있다. 어니 켈러, 쳇 코왈스키, 고인이 된 톰 아이스너, 바버라 베드퍼드, 엘렌 해리슨, 톰 개빈, 바비 페카르스키, 앨런 슈바르츠, 웨이드 데이브스, 마르틴 폰 힐데브란트 이외에 많은 분에게 고마운 마음을 전한다. 또한 이 책에 자신의 소중한 개인적인 이야기들을 나눠줄 만큼 마음이 열려 있는 전 세계 모든 분께 큰 감사를 드린다. 여러분 덕분에 글에 가치가 더해졌을 뿐 아니라 『도시 속의 월든』을 읽는 다른 사람들도 도움을 받게 됐다.

내 책의 독자들과 오디오북 청취자들에게도 내가 쓴 글을 지지

해줘서 감사하다고 말하고 싶다. 여러분이 이 책을 읽고 많은 기쁨과 영감을 얻기를 바라며, 내가 운영하는 유튜브, 인스타그램, 페이스북 채널 그리고 웹사이트 homesteadbrooklyn.com과 houseplantmasterclass.com에도 방문해 아름다운 식물의 세계에 대해 더 많이 배워가기를 청한다.

마지막으로(순서가 밀렸다고 중요하지 않은 건 아님을 밝혀둔다), 나의 괴짜 면모를 받아주고 북돋아준 우리 부모님(밥 & 다이앤)과 조부모님(스미티 & 릴), 오빠 트래비스에게 고맙다는 말을 전하고 싶다.

식물을 기르는 것은 관계를 어떻게 보살피고 대하는지를 배우는 여정이다

내 꿈은 명확하다. 많은 사람이 매일 아침 영감을 얻으며 눈을 뜨고 직장에 가서 편안한 마음으로 일한 뒤 해가 지면 성취감을 안고 집으로 돌아오는 세상을 만드는 것이다. 그리고 내가 꿈꾸는 세상을 만드는 최고의 방법은 리더들에게 힘을 실어주는 것이라고 믿는다. 물론 좋은 리더, 훌륭한 리더에게 말이다. 이런 이유로 나는 탁월한 리더십으로 이꿈을 현실화하는 데 헌신할 리더를 찾아서 육성하고 지원하는 일에 힘써왔다.

그런데 안타깝게도 많은 사람이 리더십에 대해 오해하고 있다. 리더십은 사회적 지위나 권위와는 아무런 관련이 없다. 이러한 요소들이 리더의 자리에 수반되고 대규모 프로젝트를 효율적으로 진행하는 데 도움이 되는 것은 맞지만, 이것만으로 리더가 만들어지는 것은 아니다. 리더십은 책임지는 것이 아니다. 자신의 책임하에 있는 사람들에게 관심을 갖는 것이다. 이는 명백한 인간 활동이다. 사람들을 올바르게 이끌어가려면 우리 각자 소망하는 리더가 되는 데 도움을 주는 인생 경험과 도구, 아이디어를 다른 사람들과 공유할 줄 알아야 한다. 『도시 속의 월든』은 바로 그런 아이디어를 나누는 책이다. 이 책을 읽으면서 나는 이런 개념에 흥미를 갖게 되었다.

『도시 속의 월든』은 근본적으로 우리가 사람들을 어떻게 바라보고 대하는지에 대한 은유와 우리를 둘러싼 환경이 얼마나 중요한지 직접적이면서도 부드럽게 일깨워주는 암시를 담고 있다. 우리는 평소 실내 식물들을 어떻게 대하는가? 마음에 드는 식물을 발견하면 집 안 어딘가 잘 어울릴 것 같은 곳에 놓아둔 뒤 그곳에서 잘 자랄 것이라고 막연하게 기대한다. 그러나 불행하게도 이 방법은 식물들에게 고생길이나 죽음의 길을 열어줄 뿐이다. 식물이 잘 자라기를 기대한다면 먼저 식물을 이해하려는 노력을 기울여야 한다. 마치 아이를 기를 때처럼 말이다.

그런데 이런 실수는 인간관계에서도 쉽게 찾아볼 수 있다. 우리는 어떤 일이 주어지면 그 일에 딱 맞는 경험과 자질을 갖춘 인재를 찾아낸 뒤 자리를 마련해 그 일을 배정하고 막연히 다 잘될 거라고 기대한다. 이러한 전략 역시 좋지 않은 결과를 낳게 마련이다. 우리가 애써 찾아낸 인재는 우리의 기대치를 충족시키기 위해 고군분투하다가 결국 제 능력을 마음껏 발휘하지도 못하고 주저앉을 가능성이 크다. 그러나 실망하긴 이르다. 어떤 문제에도 해결책은 존재하는 법이다.

『도시 속의 월든』은 식물을 돌보고 다루는 방법에 관한 책이지만, 그 바탕에 깔린 철학들을 수용한다면 어떻게 하면 '사람들'을 더 잘 보살피고 대할지 알려주는 귀중한 인생 지침을 얻을 수 있다.

서머 레인 오크스는 우리가 만든 환경이 우리를 둘러싼 생명과 삶에 얼마나 큰 영향을 미치는지 보여주는 여정으로 우리를 안내한다. 우리의 필요를 식물에게 요구하기보다는 우리가 식물의 필요를 채워주기 위해 고민한다면 우리는 사람들을 위해서도 똑같은 고민을 할 수 있을 것이다.

섬김의 리더십은 이런 마음가짐의 변화를 가장 높이 평가한다. 우리 모두 이러한 사고의 전환을 할 수 있다면 우리의 공간, 우리의 공동체,

우리의 삶은 놀라울 만큼 활기 넘치게 변할 것이다.
즐겁게 식물을 가꾸며 영감에 불을 밝히기 빈다!

—사이먼 사이넥 *Simon Sinek*

식물이 펼쳐내는 완전한 기적

『도시 속의 월든』은 우리를 경이로운 식물의 왕국으로 초대하는 러브 스토리다. 이 왕국은 주로 야생에 살지만 실내에서도 쉽게 키울 수 있는 난초, 베고니아, 토란, 푸크시아, 여린 고사리와 한가운데 물을 머금고 사는 브로멜리아드 등 눈부시게 아름다운 식물들이 손짓하는 세계다. 식물이 자신의 삶에 일으킨 큰 변화를 이야기함으로써 서머 레인 오크스는 우리가 가치 있고 깨우침을 주는 관계를 발견할 수 있도록 실질적인 조언을 해준다.

서머 레인은 노마드 환경보호 운동가이자 세계적인 패션 모델로 활동하다가 집에서 식물을 가꾸며 영감을 얻는 도시 원예 전문가로 변신하게 된 여정을 즐겁게 이야기한다. 그녀의 이야기를 읽다 보면 우리는 근본적인 역설을 마주하게 된다. 바로 모든 사람이 자연을 사랑한다고 말하고 전 세계 생물량의 80퍼센트를 식물이 차지하는데도 불구하고 대다수 사람의 식물학 지식이 형편없다는 것이다. 우리는 상업 브랜드 명은 수백 가지가 넘게 줄줄 읊어대면서도 꽃이나 식물의 학명은 하나도 제대로 대지 못한다.

식물은 지각 있는 모든 존재의 근간이라고 할 수 있다. 녹색 잎은 광합성의 기적으로 태양 에너지를 이용해 양분을 생산하고 우리가 생존하는 데 필수적인 산소를 대기 중에 배출한다. 그런데도 생명의 근본이 되는 화학식, 다시 말해 이산화탄소와 물이 빛 입자의 작용으로 탄수화물과 산소로 바뀌는 대사 경로를 외우는 사람은 100만 명 중 한 명도 되지 않는다. 세계 각국에서 어린이들에게 애국심을 심어주는 슬로건과 시, 기도, 대중가요 등을 암기하도록 권장하는 것을 생각하면 참 아이러니한 일이다.

물론 나 역시 식물의 중요성을 알지 못한 채 태평스러운 성장기를 보냈다. 결코 옳고 그름을 따지려고 이런 말을 하는 것은 아니다. 서머레인처럼 나 역시 자연의 아름다움을 한껏 누리면서 자랐다. 어렸을 적 나는 눈떠 있는 동안에는 거의 내내 고향의 숲과 산을 실컷 탐험했다.

그러다가 대학에 들어가 민속식물학을 전공하고 생물학으로 박사학위까지 취득했지만, 대학교 3학년 때까지 식물학은 전혀 접해보지 않았다. 어렸을 때는 물론 고등학교에 다닐 때까지 나는 생물학이라고 하면 화학약품 냄새가 진동하는 실험실, 포름알데히드, 보존액 속에 박제된 쥐, 하얀 실험복을 입은 연구원을 떠올리는 지극히 평범한 학생이었다. 시간이 한참 흐른 뒤에야 나는 지루한 생물 선생님은 있을지 몰라도 식물은 전혀 지루한 존재가 아니며, 식물학은 생명 자체의 신성한 본질을 훤히 보여주는 창문이라는 것을 깨달았다.

스무 살 때 난생처음 아마존 우림의 숨 막히는 장엄함을 경험했다. 그것은 말로 설명할 수 없는 세계였다. 꽃들도 보이지 않고, 들불처럼 번져가는 난초도 없었다. 그야말로 수천 가지 녹색 그림자, 그리고 무수한 모양과 형태와 질감만이 존재하는 곳이었다. 조용히 앉아 있으면 생물들의 활동, 이를테면 활발한 진화 과정에서 흘러나오는 끝없는 흥얼거림이 들렸다. 산길 가장자리에서는 덩굴식물들이 나무 밑동을 휘감고, 초본식물인 헬리코니아와 칼라데아가 그늘을 찾아 기어오르는 잎이 넓적한 아룸속 식물들에게 길을 내줬다. 고개를 들면 거대한 나무에 축 걸린 덩굴들이 숲 지붕의 나뭇잎들을 얼기설기 엮어 하나로 된 생명의 편물을 만들어냈다.

처음에 식물을 잘 모르는 상태에선 의미나 깊이가 없는 형태와 모양, 색깔의 뒤엉킴으로만 열대림을 받아들였다. 이런 내게 열대우림은 전체적으로 봤을 때는 아름답지만 궁극적으로는 불가해하고 이국적인 존재였다. 그러다 식물학적 렌즈를 통해 바라보자 이 모자이크를 구성하는 요소들은 갑자기 이름을 갖추었고, 그 이름에는 관계가 수반됐으며, 그 관계는 큰 의미를 갖게 됐다. 이것은 나에게 식물학적 대발견이었다.

이 발견의 여정에 지금은 세상을 떠난 티모시 플로먼이 파트너로 동행해주었다. 그는 전설적인 아마존 식물 탐험가 리처드 에반스 슐티스의 제자다. 1970년대 중반 티모시와 나는 우리의 대은사님께 영감을 받아 남아메리카를 종주하는 여행길에 올랐다(은사님의 넓은 도량 덕분에 가능한 여정이었다. 여행을 하는 내내 우리는 그분의 정신을 되새겼다). 우리는 안데스산맥을 가로지르며 운무림과 서서히 폭이 좁아지면서 아마존강으로 흘러드는 외딴 강 유역들을 찾아다녔다. 티모시는 탁월한 멘토이자 친애하는 벗이고, 빛에 꽃을 비춰 보는 것만으로도 종별 분류 체계를 재정렬할 수 있는 훌륭한 식물학자였다.

티모시와 내가 남쪽으로 방향을 잡고 전 세계 식물원으로 보낼 엄청난 양의 생목과 수천 가지 식물 표본을 채취하고 있던 바로 그때, 음악과 사람의 목소리에 반응하는 실내식물에 대해 요란하게 떠드는 책이 세상에 나왔다. 티모시는 그 책의 내용이 좀 터무니없지 않냐고 물었다. "식물이 뭐하러 모차르트 따위에 신경을 쓰겠어? 설령 그렇다 치더라도 '그게' 우리가 감동을 느낄 만한 이야기야? 식물은 빛을 주식으로 삼는다, 이거면 충분하지 않느냔 말이야."

티모시의 얘기는 계속됐다. 그는 마치 화가가 색상을 묘사하듯 광합성에 대해 설명했다. 해가 지면 광합성 과정이 역전되어 식물은 소량의 빛을 방출한다. 또한 수액은 식물의 녹색 피이고 엽록소는 구조상 우리 피의 성분과 거의 유사하다며, 헤모글로빈의 철분만 마그네슘으로 달라질 뿐이라고 설명했다. 그는 식물의 생육 방식에 대해서도 얘기했다. 잔디 종자 중 어떤 것은 하루에 96.6킬로미터, 한 계절에 9656킬로미터의 뿌리털을 생산하고, 어떤 건초 밭에서는 매일 500톤의 수분이 공기 중으로 발산되며, 어떤 화초는 10센티미터 깊이의 노면을 뚫고 나와 꽃을 틔우고, 자작나무는 단 하나의 꽃차례에서 500만 개의 꽃가루 알갱이를 생산하고, 어떤 나무는 4000살이 넘도록 산다. 서부솔송나무는 몸통에 수만 리터의 수분을 저장하고, 자그마치 7000만 개의 바늘로 장식된 가지들을 지탱한다. 가히 생물공학의 기적이라 할 만하다. 이 바늘 하나하나가 빛을 낚아챈다. 서부솔송나무 단 한 그루의 바늘을 모두 모아 바닥에 펼쳐놓으면 축구장 열 배 크기의 광합성 표면이 만들어진다.

내가 아는 다른 식물학자들과 달리, 티모시는 식물 분류법에 집착하지 않았다. 그에게 라틴어로 된 식물의 기다란 학명은 선문답 내지는 시 구절 같았다. 그는 전혀 머뭇거리지 않고 식물의 학명을 이야기했으며, 특히 그 이름의 유래에 흥미를 가졌다. 그는 이렇게 말했다. "식물의 이름을 부를 때 우리는 신들의 이름을 부르고 있는 것이라네."

몇 달 동안 현장 연구를 하면서 우리는 수많은 식물학적 발견을 했다. 여러 차례 직접 실험한 결과, 새로운 환각제도 다수 발견했다. 언젠가 슐티스 교수님이 티모시와 나를 보고는 우리가 안데스산맥과 아마존강 상류의 삼림과 산울타리를 누비고 다니는 이유는 바로 배를 채우기 위해서라고 놀린 적이 있다. 한번은 이런 탐구 정신을 발휘하고 난 뒤, 문득 우리의 영웅이자 보수주의자로 유명한 슐티스 교수님께 새롭게 발견한 사실을 알려드리고 싶다는 생각이 들었다. 그래서 나중에 하버드대학교로 전보를 보내야겠다고 생각하며 사막에 버려져 있던 작은 판지 조각에 간단한 메모를 적었다. "친애하는 슐티스 교수님, 우리는 모두 걸어다니는 식물에 불과합니다." 이를 본 티모시가 잘 생각해보라고 주의를 주어서 다행히 그 메시지는 전해지지 않았다.

그 상황에서는 그런 메시지를 전달하는 게 적절하지 않았을지 모르지만, 본질적으로 그 말은 진실을 담고 있다. 생물이 바다에서 나와 분화된 뒤, 동물은 보행하기 시작했고 식물은 땅에 뿌리를 내렸다. 동물은 생존하는 데 필요한 모든 기능을 장기에 집중시킨 반면, 식물은 조직 전체에 분산시켜 몸 전체로 숨을 쉰다. 식물은 호흡과 광합성 과정을 통해 양분을 만든다. 이렇게 분산된 생산 구조에는 뇌가 필요 없으므로 식물은 뇌를 발달시키지 않았다. 식물은 녹색 표면 전체에서 양분을 생산한다. 티모시의 말처럼, 식물의 경이로움은 식물이 모차르트나 베토벤, 비틀스에 반응할 가능성보다 식물의 존재 자체에 있다. 식물이 인간과 같은 방식으로 인간의 영역에 교감한다고 말하는 것은 다른 무엇보다도 식물이 살아 있는 유기체로서 수백만 년 동안 진화의 강한 압박과 경쟁을 거쳐오는 과정에서 무엇을 성취했는지 전혀 이해하지 못하고 있음을 보여주는 발상에 불과하다.

과학은 결코 식물의 모든 비밀을 밝혀내지 못했다. 이 훌륭한 책에 서머 레인이 썼듯, 식물은 끊임없이 놀라움을 선사하며 우리 상상력의 한계를 벗어나는 불가해한 능력들을 보여준다. 미모사를 예로 들어보자. 많은 사람이 신경초로 알고 있는 이 지피식물은 잎을 건드리면 자신을 보호하기 위해 잎을 접었다가 서서히 펴서 잎 표면을 태양에 완전히 노출시킨다. 그런데 미모사에 여러 번 촉각 자극을 주면 어느 순간 더 이상 반응하지 않는다. 미모사가 식물 특유의 방식으로 이 자극이 위험하지 않다는 것을 감지해내는 것이다. 이는 적어도 한 식물종에게는 일종의 기억력이 있음을 보여주는 확실한 증거라고 할 수 있다.

이처럼 의도적으로 계획한 반응을 보여주는 식물의 예는 태평양 연안 북서부의 온대우림에서도 찾을 수 있다. 이 온대우림의 근간은 수백 가지 균류(곰팡이) 종으로 이루어진 균사체다. 균사체는 영양기營養期의 균류로, 털처럼 가는 섬사 집합체가 토양 표면의 유기질 층 속을 뻗어나가며 양분을 흡수하고 부패를 촉진한다. 버섯은 균류의 자실체이자 번식기관일 뿐이다. 균사체는 자라면서 끊임없이 나무뿌리와 접한다. 그러다가 딱 맞는 나무 짝을 만나면 놀라운 생물학적 이벤트가 펼쳐진다. 균류와 나무가 하나로 결합해 균근을 만들고 서로 도움을 주고받는 공생 관계를 구축하는 것이다. 나무는 균류에게 햇빛으로 만든 당분을 제공하고, 균사체는 나무가 토양에서 양분과 수분을 더 잘 흡수하도록 돕는다. 또한 균류와 나무는 새 뿌리의 생산을 촉진하고 면역 체계를 강화하는 생장 조절 화학물질을 만들어내기도 한다. 이런 결합 없이는 어떤 나무도 잘 자랄 수 없다. 서부솔송나무는 몸통이 하늘을 찌를 듯이 솟아오를 때조차 뿌리가 지면을 뚫고 나오는 일이 거의 없을 정도로 균근균에 대한 의존도가 높다. 이야기는 갈수록 점입가경이다. 지금까지 밝혀진 연구 결과에 따르면, 개개의 나무는 균사망을 통해 선별적으로 당분을 분산시키는 데 1순위가 어미 나무의 묘목이고 2순위는 동종 묘목으로 크기가 큰 것부터 작은 것 순으로 내려간다. 마지막 순서는 숲의 다른 식물들이다. 어머니가 자식의 존재를 느끼는 것처럼 나무도 정확하게 새끼 나무를 알아보는 것이다.

식물은 시각적 능력도 갖추고 있다. 적어도 식물 적응의 한 예에서는 그렇게 보인다. 보킬라는 으름덩굴과에 속하는 단형속單型屬 꽃식물로, 칠레와 아르헨티나 중부 및 남부에 있는 온대림에서 쉽게 찾아볼 수 있다. 이 덩굴식물은 숙주 나무의 잎 모양과 크기, 형태를 꼭 닮은 잎을 무수히 많이 만들어낸다. 그러다 덩굴손이 우연히 다른 나무에 닿으면 그 덩굴에서는 두 번째 숙주 나무의 외양을 그대로 닮은 잎사귀가 돋아난다. 마치 보킬라가 이웃 나무의 모습을 보고 흉내내는 것처럼 말이다. 그런데 사실 그렇다. 보킬라의 외부 세포가 두 숙주 나무의 형태를 파악하는 자연 렌즈의 역할을 하는 것이다.

내가 하고 싶은 이야기는 한마디로 식물의 경이로움을 제대로 인식하기 위해서는 신비주의를 들먹일 필요도, 인간이란 존재에 대한 자만심에 휩싸여 식물에게 인간적인 속성을 부여할 필요도 없다는 것이다. 서머 레인이 쓴 이 재미나고 탁월한 안내서에도 나와 있듯, 그저 씨앗을 심고 식물이 자라면서 펼쳐내는 완전한 기적을 가만히 지켜보기만 하면 된다.

―웨이드 데이비스*Wave Davis*

1장 도시로 떠난 사람들

1 Lisa Lamber. "인구조사 결과, 지난 10년간 도시에 이주한 미국인 증가한 것으로 드러나." 로이터, 2012년 3월 26일. https://reuters.com/article/usa-cities-population/more-americans-move-to-cities-in-past-decade-census-idUSL2E8EQ5AJ20120326.

2 "밀레니얼 세대는 교외보다 도시, 차도보다 지하철을 선호한다." 닐슨, 2014년 3월 4일. http://nielsen.com/us/en/insights/news/2014/millennials-prefer-cities-to-suburbs-subways-to-driveways.html.

3 "2050년에는 전 세계 인구의 68%가 도심 지역에 살게 될 것이라고 유엔은 밝혔다." 유엔 경제사회국, 2018년 5월 16일. https://un.org/development/desa/en/news/population/2018-revision-of-world-urbanization-prospects.html.

4 Bailey Nelson, Brandon Rigoni. "밀레니얼 세대는 일에 대한 의욕이 별로 없다." 갤럽, 2019년 1월 23일. https://news.gallup.com/businessjournal/195209/few-millennials-engaged-work.aspx.

5 Brian A. Primack, Ariel Shensa, César G. Escobar-Viera, Erica L. Barrett, Jaime E. Sidani, Jason B. Colditz, A. Everette James. "Use of multiple social media platforms and symptoms of depression and anxiety: A nationally-representative study among US young adults." Computers in Human Behavior 69 (2017): 1~9.

6   Jennifer Calfas. "밀레니얼 세대는 근무 중 많은 시간을 금전적인 스트레스를 받으며 보
    낸다." 머니, 2017년 6월 1일. http://time.com/money/4794497/millennials-finances-
    money-stressed-work.

7   Andrew Dugan, Stephanie Marken. "건강 악화와 부채를 부르는 학자대출금." 갤럽,
    2014년 8월 7일. http://news.gallup.com/poll/174317/student-debt-linked-worse-
    health-less-wealth.aspx.

8   Garden Research. 전미 생활원예 설문조사 2016년판.

2장 우리에게 필요한 건 자연

9   Audrey Tan. "콘크리트 정글은 남의 나라 이야기: 싱가포르, 16개 도시를 제치고 도심
    녹지 공간 1위로 우뚝 서다." 스트레이츠 타임스, 2017년 2월 23일. https://straitstimes.
    com/singapore/environment/not-a-concrete-jungle-singapore-beats-16-cities-
    in-green-urban-areas.

10 "싱가포르의 도시 열섬 현상." 쿨링 싱가포르, 2019년 1월 23일. https://www.
    coolingsingapore.sg/uhi-singapore.

11 "싱가포르의 도시 열섬 현상." 쿨링 싱가포르, 2019년 1월 23일. https://www.
    coolingsingapore.sg/uhi-singapore.

12 싱가포르 환경수자원부/국가개발부. 지속 가능한 싱가포르 청사진 2015: 우리의 터전,
    우리의 환경, 우리의 미래. 2015년. https://sustainabledevelopment.un.org/content/
    documents/16253Sustainable_Singapore_Blueprint_2015.pdf.

13 Eugenia C. South, Bernadette C. Hohl, Michelle C. Kondo, John M. MacDonald, Charles C. Branas. "Effect of greening vacant land on mental health of community-dwelling adults: A cluster randomized trial." JAMA Network Open 1, no. 3 (2018): e180298-e180298. https://jamanetwork.com/journals/jamanetworkopen/fullarticle/2688343.

14 Chen-Yen Chang, Ping-Kun Chen. "Human response to window views and indoor plants in the workplace." HortScience 40, no. 5 (2005): 1354~1359.

15 Roger S. Ulrich. "View through a window may influence recovery from surgery." Science 224, no. 4647 (1984): 420~421.

16 Min-sun Lee, Juyoung Lee, Bum-Jin Park, Yoshifumi Miyazaki. "Interaction with indoor plants may reduce psychological and physiological stress by suppressing autonomic nervous system activity in young adults: a randomized crossover study." Journal of Physiological Anthropology 34, no. 1 (2015): 21.

17 Matthew J. Wichrowski, Jonathan Whiteson, François Haas, Ana Mola, Mariano J. Rey. "Effects of horticultural therapy on mood and heart rate in patients participating in an inpatient cardiopulmonary rehabilitation program." Journal of Cardiopulmonary Rehabilitation and Prevention 25, no. 5 (2005): 270~274.

18 Nancy Gerlach-Spriggs, Richard Enoch Kaufman, Sam Bass Warner Jr. Restorative Gardens: The Healing Landscape. New Haven, CT: Yale University Press, 2004.

19 Florence Nightingale. Notes on Nursing (Revised with Additions). London: Ballière Tindall, 1996.

20 Bum-Jin Park, Yuko Tsunetsugu, Tamami Kasetani, Takahide Kagawa, Yoshifumi Miyazaki. "The physiological effects of Shinrin-yoku (taking in the forest atmosphere or forest bathing): evidence from field experiments in 24 forests across Japan." Environmental Health and Preventive Medicine 15, no. 1 (2010): 18; Juyoung Lee, Bum-Jin Park, Yuko Tsunetsugu, Tatsuro Ohira, Takahide Kagawa, Yoshifumi Miyazaki. "Effect of forest bathing on physiological and psychological responses in young Japanese male subjects." Public Health 125, no. 2 (2011): 93~100; Qing Li, K. Morimoto, M. Kobayashi, H. Inagaki, M. Katsumata, Yukiyo Hirata, Kimiko Hirata 외. "Visiting a forest, but not a city, increases human natural killer activity and expression of anti-cancer proteins." International Journal of Immunopathology and Pharmacology 21, no. 1 (2008): 117~127; Q. Li, K. Morimoto, A. Nakadai, H. Inagaki, M. Katsumata, T. Shimizu, Y. Hirata 외. "Forest bathing enhances human natural killer activity and expression of anti-cancer proteins." International Journal of Immunopathology and Pharmacology 20, no. S2 (2007): 3~8.

21 Helen Campbell. Darkness and Daylight; Or, Lights and Shadows of New York Life: A Woman's Story of Gospel, Temperance, Mission, and Rescue Work. Hartford, CT: A. D. Worthington & Company, 1892.

3장 식물의 속도로 들여다보기

22 Frank M. Dugan. "Shakespeare, plant blindness, and electronic media." Plant Science Bulletin 62, no. 2 (2016): 85~93.

23 Shawn E. Krosnick, Julie C. Baker, Kelly R. Moore. "The Pet Plant Project: Treating Plant Blindness by Making Plants Personal." The American Biology Teacher 80, no. 5 (2018): 339~345.

5장 실내 정원의 역사

24 Bijan Dehgan. Public Garden Management: A Global Perspective. Vol. 2. Xlibris Corporation, 2014.

25 Bijan Dehgan. Public Garden Management: A Global Perspective. Vol. 2. Xlibris Corporation, 2014.

26 Caroline Biggs. "집에서도, 일터에서도 식물을 사랑하는 밀레니얼 세대," 뉴욕 타임스, 2018년 3월 9일. https://nytimes.com/2018/03/09/realestate/plant-loving-millennials-at-home-and-at-work.html.

6장 반려식물에 대해 공부하기

27 Monica Gagliano, Mavra Grimonprez, Martial Depczynski, Michael Renton. "Tuned in: plant roots use sound to locate water." Oecologia 184, no. 1 (2017): 151~160.

7장 식물에게 사랑받는 법

28 Sabine Stuntz, Ulrich Simon, Gerhard Zotz. "Rainforest air-conditioning: the moderating influence of epiphytes on the microclimate in tropical tree crowns." International Journal of Biometeorology 46, no. 2 (2002): 53~59.

29 Todd E. Dawson. "Hydraulic lift and water use by plants: implications for water balance, performance and plant-plant interactions." Oecologia 95, no. 4 (1993): 565~574.

30 Antonio Donato Nobre. The Future Climate of Amazonia, Scientific Assessment Report. Translated by American Journal Experts, Margi Moss. São José dos Campos, Brazil: ARA, CCST-INPE, INPA, 2014.

31 J. J. Hoorman. The Role of Soil Bacteria. Agriculture and Natural Resources Fact Sheet SAG: 13~11. Columbus, OH: Ohio State University, 2011.

32 Elaine Ingham, Andrew R. Moldenke, Clive Arthur Edwards. Soil Biology Primer. Soil and Water Conservation Society, 2000.

33 Rodrigo Mendes, Paolina Garbeva, Jos M. Raaijmakers. "The rhizosphere microbiome: significance of plant beneficial, plant pathogenic, and human pathogenic microorganisms." FEMS Microbiology Reviews 37, no. 5 (2013): 634~663.

34 Benjamin M. Delory, Pierre Delaplace, Marie-Laure Fauconnier, Patrick Du Jardin. "Root-emitted volatile organic compounds: can they mediate belowground plant-plant interactions?" Plant and Soil 402, nos. 1~2 (2016): 1~26.

옮긴이 김윤경

한국외국어대학교 인도어과를 졸업한 후 영상을 번역하며 여러 편의 영화를 우리말로 옮겼다. 주관심사는 역사와 인문, 소설이며 전문 번역가로 활동 중이다. 옮긴 책으로『춤추는 식물』『마이클 부스의 유럽육로여행기』『적색 수배령』『돌아온 희생자들』『감정의 식탁』『유네스코 세계기록유산』『점과 선: 기초수학에 담긴 사랑 이야기』등이 있다.

도시 속의 월든

초판 1쇄 인쇄 2019년 12월 11일
초판 1쇄 발행 2019년 12월 20일

지은이 서머 레인 오크스
옮긴이 김윤경
펴낸이 유정연

편집장 장보금
책임편집 김경애 **기획편집** 백지선 신성식 조현주 김수진 **디자인** 안수진 김소진
마케팅 임충진 임우열 이다영 박중혁 **제작** 임정호 **경영지원** 박소영

펴낸곳 흐름출판(주) **출판등록** 제313-2003-199호(2003년 5월 28일)
주소 서울시 마포구 월드컵북로5길 48-9(서교동)
전화 (02)325-4944 **팩스** (02)325-4945 **이메일** book@hbooks.co.kr
홈페이지 http://www.hbooks.co.kr **블로그** blog.naver.com/nextwave7
출력·인쇄·제본 (주)상지사 **용지** 월드페이퍼(주) **후가공** (주)이지앤비(특허 제10-1081185호)

ISBN 978-89-6596-352-3 03840

이 도서의 국립중앙도서관 출판시도서목록(CIP)은 e-CIP홈페이지(http://www.nl.go.kr/ecip)와 국가자료공동목록시스템(http://www.nl.go.kr/kolisnet)에서 이용하실 수 있습니다.(CIP제어 번호: CIP2019042782)